環司(かんじ)先生の謎とき辞典

チカと文字禍とラブレター

皆藤黒助

ポプラ文庫ピュアフル

目次

プロローグ

私達は、多かれ少なかれ漢字を操り生きている。でも、ある人に言わせれば操られているのは私達人間の方らしい。

漢字なんて、所詮は止め跳ね払いの集合体。それに一喜一憂する人間は、文字の精霊に弄ばれているに過ぎないのだそうだ。

故に、人間が考えつくことの真相は全て漢和辞典に載っている。

変わり者の先生は、今日も辞典に耳を傾けると嬉しそうにこう言い放つのだ。

「聞こえるか？　漢字が僕を呼んでいる」と。

一話　見えない扉

　ゴールデンウィーク明け初日の朝の教室は、談笑に包まれていた。

　映画や旅行へ行ったという羨ましいものもあれば、徹夜でゲーム三昧だったという声も聞こえてくる。中には、中間テストへ向けて勉強していたなんて耳を覆いたくなる話もあった。

「おはよ〜、知華ぁ〜」

　私が席につくなり、小学生時代からの友達が気怠そうな声で挨拶してきた。

「おはよう、明日香」

　挨拶を返しつつ、校内の自販機で買ったパックの牛乳をちゅーちゅーと啜る。紗東明日香は、机に伏せていたポニーテール付きの栗色の頭をようやく起こした。とても眠そうな顔をしている。

「シャキッとしなよ。高二のゴールデンウィークはもう戻ってこないんだからさ」

「知華は元気そうだね」

「まあ、私は連休中も毎日部活に出てたから。今朝も朝練やってきたし」

　私は中学から陸上の短距離走をやっている。後輩もできたばかりなので、威厳を保てるように一層努力しなきゃいけない。

「髪も短くして正解だったよ。凄く走りやすい」

　明日香とお揃いだったポニーテールは、二年生に上がるのをきっかけに短く切った。

私のショートヘアをポンポンと撫でると、明日香は「小さい体で、よく頑張るね」と嫌味混じりな褒め方をしてくる。

　明日香の言う通り、私の身長は同年代の女子と比べると低い。中学生に間違われることもしばしばで、毎朝欠かさず飲んでいる牛乳も、私の身長を伸ばすには力不足みたい。

　短距離走において、当然足は長い方が有利だ。せめて、明日香くらいの平均的な身長が欲しいものだけれど。欲を言えば、佐咲さんくらい欲しい。

　同じクラスの佐咲瑠璃子さんも、明日香と同じで小学生から高校まで一緒。モデルをやっていますと言われたら納得してしまいそうなルックスと長身に加えて、抜群のスタイルを持つパーフェクト女子。今も静かに文庫本を読んでいるだけなのに、放たれる大人の魅力には眩暈すら覚える。

「また佐咲のこと眺めてる」と、明日香が怪訝な様子で指摘してきた。

「だって、憧れるじゃん」

「じゃあ、声かければ？　友達作りは知華の十八番でしょ」

　自慢じゃないけれど、人に好かれる才能はあると思ってる。それにはこの小さく無害そうな見た目が一役買っているんだろうことも薄々気づいているから、悩ましいところだ。

そんな私でも、佐咲さんとは友達になれていなかった。私にとって彼女は、高嶺の花だもん。友達なんて恐れ多い。それに、

「またそんなこと言って。明日香だって、わかってるでしょ？」

「……まあね」

他にも、色々と理由があったりする。

「そういえばさ」と、明日香がついさっき思い出したかのように話題を振ってきた。

「今朝、車に煽られたの。珍しくすっきり目が覚めたから、いつもより早く家を出たらこれだよ。マジうんざり」

「それは災難だったね。どこで煽られたの？」

「ドラッグストアの脇から入る細い道」

それだけの説明でピンとくる。私も毎朝通る道だ。

「ケガとかなかった？」

「大丈夫。でもめっちゃビビッたし、腹立つわ、あのおっさん」

怒りをきっかけに、休みボケしていた明日香にいつもの調子が戻ってきたようだ。

それにしても、煽り運転か。あれは車同士のトラブルのイメージが強いけれど、車と歩行者でも起こるんだ。明日香が無事でよかったけれど、私も腹が立ってくる。

「先生に言った方がいいんじゃない？」

通学路で生徒が危険な目にあったんだから、何かしらのアクションはしてくれるだろう。だけど、明日香は首を横に振った。

「いいの。そのおっさん、もう警察に捕まってたし」

なんと、解決済みらしい。

「そりゃあまた、スピード逮捕だったね」

「さすがに逮捕まではされてないだろうけど、呼び止められてキツく怒られてたのは間違いないね」

「警察の人が近くにいたってこと？」

「うん。知華はいつも朝早いから会ったことないかもしれないけど、あの道は通学時間、お巡りさんが立ってくれてる日があるの」

この尾利高校は、私達の母校である小学校が隣接している。お巡りさんは、主にそちらの児童の交通安全のために立っているという。

「お巡りさんからも私が煽られてる様子はバッチリ見えてたみたい。だから、当然の結果だよね」

明日香は「ざまーみろ」と嬉しそうだ。でも、何だか違和感が残る。

「……それって、変じゃない？　お巡りさんから明日香達が見えていたなら、おっさんにもお巡りさんは見えていたはずでしょ？　捕まるのを承知で煽るなんて、おかしくない？」

「あー、たしかに変かも」

「目の前の女子高生に夢中で、奥にいるお巡りさんが見えなかったとか？」

私の推測に、明日香は「気持ち悪いこと言わないでよ」と苦い顔をする。痴漢目的でないとすると、他にはどんな可能性があるだろう？

「トイレを我慢していて、明日香が邪魔だったとか？　お巡りさんに呼び止められたその人、モジモジしてなかった？」

「車からは降りてたけど、ひたすら平謝りでそんな様子はなかったかなぁ」

「そのおっさんから理由とか聞かなかったの？」

「顔を覚えられても嫌だから、逃げてきちゃった」

お茶目な顔で笑っているが、その判断は理解できる。毎朝その道を通るんだから、逆恨みでもされたら堪ったもんじゃない。

「あー、でも」

明日香は思いついたという様子で、

「ちょっとくらい、お詫びの気持ちを貰ってもよかったかもね」

明日香は右手の親指と人差し指で輪を作り、お金のジェスチャーをする。

私は「出た」と呆れて見せた。この子は、自他共に認める守銭奴(しゅせんど)。私の親友はこういうところが玉に瑕だけれど、その逞しい性格はある意味尊敬できる。

それにしても、お巡りさんが向かう先にいることを知りつつも歩行者を煽るなんて、そんなことがあるだろうか？

理由は気になるけれど、どうやら知る術はなさそうだ。

「そんなことよりさ、今日の二限目って現国だよね？」

「そうだけど、それが何？」

「知華ったら惚けちゃって」

明日香は私の肩をバシバシと叩きながら、うっとりとした表情を浮かべていた。

⊠⊠⊠

予鈴ぴったりに、彼は教室の戸を開いた。途端にクラスの女子達は色めき立ち、男子達はどことなく不機嫌そうに眉根を寄せる。

色褪せた朱色のカバーに包まれた小振りながらも分厚い漢和辞典を、教卓にドスンと置く。それを合図にして、クラス委員長が起立と礼、着席の号令を出した。

出欠を取り終えると、先生は現国の教科書を広げる。

「授業を始める。今日は二十八ページからだ」

面白みも何もない、ただただ堅苦しいだけの声がそう指示を出した。

「今日から『山月記』に入る。中間テストの肝になるから、よく頭に入れるように」

そうして、生徒達による教科書の朗読が始まる。

中島敦の『山月記』。詳しくは覚えていないけれど、主人公が虎になってしまう話だということくらいは文学に疎い私でも知っていた。

盛り上がりもなく淡々と進む、知識を植え付けるだけのつまらない授業。それなのに女子達を中心にこの授業が人気なのは、とても単純。

現国の環司先生の、顔がいいからだ。

ややパーマがかった黒髪で、前髪の向こうには整えられた眉とくっきり二重の目。スラリと高い鼻筋に、桜色をした薄い唇。

それらのパーツがシュッとした小顔の中に素晴らしいバランスで収まっており、背も百八十センチは優に超えている。細身の体型も相俟って、教科書を片手に教鞭を執る姿は、まるでドラマのワンシーンのようだ。

「眼福だわぁ」と、前の席の明日香がとろけきった声を漏らした。

環先生は、今年の春にこの尾利高校へと赴任してきた新任教師。訊いてもいないのに明日香が教えてくれた情報によると、年齢は二十二歳らしい。新卒はやほやってわけだ。

頭の中は小学生から大して成長していない同世代の男子達と比べれば、先生には落ち着いた大人の余裕がある。普段触れ合うことのない年代の男性ということもあり、華の女子高生達は過度に惹かれてしまうのかもしれない。

「知華さん」

「はっ、はいっ！」

不意に先生から名前を呼ばれて、無駄に大きな返事をしてしまった。クラス中の視線が注がれている私の顔は、きっとリンゴのように真っ赤だろう。

苗字の寿々木（すずき）ではなく、名前の知華の方で呼んでくるのがまた心臓に悪い。でも、この先生は私に限らず、男女関係なく誰でも下の名前で呼ぶ。理由はよく知らないけれど、こだわりがあるんだろう。

先生は、何事もなかったかのように私へ尋ねる。

「知華さん。キミはなぜ李徴（りちょう）が虎になってしまったのだと思う？　キミなりの考え方を聞かせてくれ」

「あー……えっと」

しまった。全然授業を聞いていなかった。

主人公の李徴がなぜ虎という動物に変貌したかなんて、そんなの作者にしかわかりっこない。

思考がぐるぐると渦巻いた末に、

「お、お酒を飲みすぎたせい……とか？」

私は、そんな答えを口走っていた。

教室がどっと笑いに包まれて、皆からの視線が痛い。先生だってきっと呆れていると、恐る恐る教壇の方を確認する。

しかし、予想に反して彼は虚を衝かれたかのようにぽかんと口を開け、私のことを見つめていた。

怒られるのかと身構えたが、次の瞬間、先生は教科書に視線を戻すと何事もなかったかのように授業を再開した。

☒☒☒

「知華さん。放課後、僕のところまで来るように」

環先生にそう言われたのは、現国の授業が終わってすぐのことだった。先生が教室を出て戸が閉まるなり、女子達が私の周りを囲んでキャアキャアと騒ぎ出す。

「いいなー、知華。環様と放課後に会えるなんて」

「環様って……」

すっかり心酔しきっている明日香に、私は苦笑いしか返せない。

「ていうか、授業で変な答え言っちゃってからの呼び出しだよ？　お説教に決まってるじゃん」

「それはそれで、環様ならアリじゃない？」

「意味わかんないんだけど」

口ではそう言いつつも、私も内心ドキドキしていた。イケメン教師と放課後の特別授業……なんて、少女漫画みたいだ。

期待と不安が入り混じりカフェオレのようになった気持ちで放課後を迎えた私は、部活に遅れることを同じ陸上部の友達に伝えると、緊張しながら職員室へ向かった。

コンコンと二度ノックしてから、「失礼します」と職員室の戸を開く。先生達の視線が一時的に私へと集まるこの瞬間は、入学して一年経った今でもちょっと苦手。

だけど、その興味はすぐに逸れて各々の業務へと戻っていく。

「待っていたぞ」

そう声をかけてきたのは、私を呼び出した環先生だった。先生の席は出入り口から比較的近い位置にあり、片手には魚偏の漢字がびっしり書いてあるお寿司屋さんにあるような湯呑を持っている。彼はそれを机に置くと、私の元へと歩み寄ってきた。

こうして面と向かうと、改めて先生が長身なのがよくわかる。背の低い私は、先生の顔を見上げる形になっていた。

「場所を変えて、座って話そうか」

私の首を心配してくれたんだろうか。先生はそう提案すると、職員室を出て右に曲がり、突き当たりにある裏口のドアを開ける。

そこには剝き出しの木造軀体に屋根だけが載った小さなスペースがあり、三人掛けくらいの長さの古びた木製ベンチが一つだけぽつんと置かれている。

「ここ、何する場所なんですか？」

「数年前までは、教員用の喫煙所だったらしい」

時代の流れを受けて、使われなくなった場所ということか。そう言われると、腐りかけのベンチが何だか寂しそうにも見えてきた。

「それは？」

私が下ろした通学鞄を見ながら、先生が尋ねてくる。どうやら、鞄につけているキーホルダーが気になるみたいだ。

「これは『ムキうさ』です！」

「ムキうさ？」

「知らないですか？　ムキムキうさぎ！　略してムキうさ！　可愛いウサギの頭と筋骨隆々なボディとのギャップが堪らない、最高にキュートなキャラクターなんですっ！」

鞄につけているのは、筋トレシリーズのダンベルバージョンのキーホルダー。ムキうさは、私が小学生の時から大好きなキャラクターだ。

でも、活動歴が長い割にはあまり人気がないみたい。明日香を始めとする友達に勧めても、大体引き攣った笑顔を返されるだけで終わってしまう。

先生はムキうさを興味深そうに凝視すると「まあ、いいのではないか」と曖昧な感想を落としてベンチに座り、隣に自前のチェック柄のハンカチを出して敷いた。

「さあ、座るといい」

この先生、結構紳士みたい。ハンカチの上に腰を下ろし、これから何を言われるんだろうかと視線をやると、先生は鉄仮面のような無表情のまま黙っている。やっぱり、叱られるのかな。

「知華さん」

「はっ、はいっ！」

「わかっているよ」

先生は、一転ニカッと白い歯を見せる。

「好きなんだろう？」

自分の頬が熱を持つのがわかり、赤らんだ顔を見られまいと私は視線を逸らす。

いきなりなんて質問をするんだ、この人は！　そりゃあ、周囲の女子達のアイドル的存在だ。授業中に目で追ってしまうことが、ないわけじゃない。

でも、その気持ちは『好き』というよりは『憧れ』なわけで。それ以前に、私達は生徒と先生なんだから、恋愛関係なんて無理に決まってる。

「隠すことはない。僕も好きなんだ」

……あわわわわわわわ！

「冗談……ですよね？」

「いいや、大真面目だ。キミは好きじゃないのか？」

問う彼の瞳は、真面目そのもの。

「えっ、いや、その……好きとか嫌いとか、まだあんまり経験がなくてわからないというか何というか。でもその……嫌いではないです」

「そう言って貰えて嬉しいよ」

先生ははにかむと、立ち上がり、着ている白いワイシャツのボタンに手をかけた。

そしてなんと、徐に一つ一つ外していく。

「ちょっ、先生っ！　それはいくら何でもまだ早すぎますって！」

口ではそう言いつつも、顔を覆った手の指の隙間からチラ見していた私は——言葉を失った。

シャツを豪快に脱いだ環先生は、インナーのTシャツ姿になっていた。それは当然なんだけれども、問題はそのシャツのデザイン。

「いいだろう、コレ」

自慢げにポーズを決める先生のTシャツのど真ん中には、デカデカと書かれた『侍』という一文字。

私は今まで、どんな服でもイケメンや美女が着れば様になるものだと思っていた。だが、そうでもないらしい。

「どうだい知華さん。かっこいいだろう？」

正直に答える。

「……超ダサいです」

人の顔が青ざめていく過程を、初めて見た。先生は大袈裟に身振り手振りを交えながら、私に訴えてくる。

「ええっ！　何で!?　何が駄目だと言うのだ！」

「そのシャツが似合うのは、日本に来て浮かれてる外国人観光客くらいですよ」

不意に視界の端で捉えたのは、私がお尻の下に敷いている先生のハンカチ。よくよく見てみると、チェック柄に見えたのはびっしりと印刷された漢字だった。

思わず「ひっ！」と小さな悲鳴を上げて飛び退く。

「般若心経ハンカチは、お気に召さないか？」

「気に入るわけないでしょ！　気持ち悪い！」

「きっ、気持ち悪い!?　キミのムキうさの方がずっと気持ち悪いではないか！」

「はぁ!?　ムキうさのこと馬鹿にしないでっ！」

お互いにショックを受けた私達は、しばらくの間睨み合う。やがて、先生が恐る恐る尋ねてきた。

「だって知華さん。キミは僕と同じで漢字が、か、好きなのだろう？」

こうして私は、先生の一風変わった趣味と、今まで自分がしていた恥ずかしい勘違いにようやく気づくのだった。

訪れたのは、沈黙の時間。

遠くからは、ランニングをする野球部のかけ声が聞こえてくる。あー、私も今すぐ走り出したい。

「えーっと、その……べつに漢字とか好きじゃないです」

自分の考えを述べたのだけれど、先生は「隠さなくてもいい」と食い下がる。その確信は、一体どこから来ているのか。

「そもそも先生は、何で私が漢字好きだと思ったんですか？」

「李徴が虎になった理由だ」

今日の現国の授業で習った『山月記』。私は先生に李徴が虎へと姿を変えてしまった理由を尋ねられて、わからないなりに『お酒を飲みすぎたせい』と答えた。まさか、それが原因？

「虎という漢字には、『酔っ払い』という意味がある。キミはそのことを知っていたから、あの解答を述べたのだろう？」

「そうですけど、どこかでたまたま見聞きした知識を思い出しただけです。それだけで漢字好きと判断するのは、さすがに早すぎるでしょ」

突き放すような私の態度で、先生はようやく自分の早とちりだったことを受け入れたようだった。

投げ捨てたワイシャツを手に取ると、砂を払っていそいそと袖を通す。寂しそうな背中を見ていると、何だか悪いことをしたような気持ちになってきた。仕方なく、私は口を開く。

「……虎の漢字にそんな意味がある理由までは知りません。教えてくれませんか？」

待ってましたと言わんばかりに、先生は嬉々とした表情を見せた。

数分前までたしかに私の目の前にいたクールなイケメンはどこへやら。先生は一体どこに隠し持っていたのか、いきなり漢和辞典を取り出すと黄色く変色している小口に親指を差し込む。

そうして開かれたページには——『虎』の項目が載っていた。

「……えっ？」

千ページはくだらない辞典の中から、一発で目的のページを引き当てる。付箋やドッグイヤーは見当たらないし、偶然だろうか？　それにしては、本人に驚きも何もないようだけれど。

私の衝撃などどこ吹く風で、先生は辞典の『虎』の漢字を指で示しながら解説する。

「酔っ払いは酷く酔うと四つん這いになり、周囲に当たり散らして手がつけられなくなることから虎にたとえられた。他の説としては、酒を『ささ』とも呼ぶことから、水墨画などによく見られる笹と虎の組み合わせを連想したというものもある」

力説されたその内容は、辞典に書かれているわけじゃないみたい。つまり、先生の頭の中にある知識。漢字好きを自称するだけのことはある。

「どうだい？　漢字は面白いだろう」

辞典をパタンと閉じた先生は、満足そうにニコニコしていた。それが何だか子どもみたいで、私は笑いを必死に堪える。

「まあ、雑学としては面白かったですよ」

「ならば、もっと教えてあげよう。たとえばそうだな」

「私、部活があるので失礼します！」

話が長くなりそうなのは明らかだったので、さっさと退散させて貰うことにした

——つもりだったのだけれど。

「少しくらいいいじゃないか」

先生は、私の手を摑み引き留めた。

漢字好きという変わった趣味を語る場になかなか恵まれないのはわかるけど、趣味がバレたからといって私相手に発散されても困る。

いくらイケメンでも、眼光ギラギラで鼻息を荒くしながら女子高生に迫るその姿は、変態以外にしっくりくる言葉が見つからない。

早口で自己満足のためだけに語り始める先生。最初はただただ困っていたけれど、段々と腹が立ってきた。

そして、

「いい加減にしてください！　私は漢字なんて嫌いですッ！」

ハッキリと、大声で、先生の好きなものを真っ向から否定した。

これにはさすがの漢字オタクも言葉を止める。

怒らせてしまったかと思ったが、先生は不思議そうに首を捻っていた。

「漢字が嫌い？　常日頃から漢字を使っているのだから、そんなわけがないだろう」

私はべつに、先生の趣味を全否定するためだけに漢字を非難したわけじゃない。

　先生の言いたいことはわかる。漢字は中国から流れて来たものとはいえ、現代では立派な日本語だ。日本から突然漢字が消えたら大パニックは免れないだろうし、生きるうえで欠かせない便利なものということはよくわかっている。

　それでも私は、漢字が——文字というものが、あまり好きになれない。

「だって画数多いし、覚えにくいし、覚えても使わないのもたくさんあるし、最悪ひらがなやカタカナで十分伝わるし。それに、時代はデジタルです。知らない漢字は一発で変換できるし、手書きの機会がそもそも少ない。それなのに、貴重な学習時間を漢字に割かなきゃいけないし！」

　言った。言ってやった。いや、言ってしまった。今度こそ、先生は怒っているだろうか？

　顔を見るのも怖くなった私は、鞄を引っ掴み裏口から校舎内へと逃げ込む。幸い、追ってくる足音は聞こえてこなかった。

　私は早起きが得意だ。毎朝、六時には家を出ている。最初は陸上の朝練のために嫌々だったけれど、慣れてしまえば悪くない。

静かな街はまるでスヤスヤと眠っているようで、空気も美味しく感じる。そんな世界を独り占めできるのは、結構な贅沢だ。

さて、そんな私が今日は七時過ぎに家を出た。でも、朝練をサボりたかったというわけじゃない。ちゃんとした理由がある。

「……ここだよね」

県道沿いに建つ赤い外壁のドラッグストア。その脇に延びているのは、車一台が何とか通れるほどの狭い道。明日香が煽り運転の被害にあったという場所だ。ここを調べるために、昨日の彼女と同じくらいの時間に家を出た。

べつに、犯人を捕まえてとっちめてやりたいわけじゃない。単純に、気になることがあった。

車が歩行者の横をすり抜けることも難しいこの細道で、明日香は後方から車に煽られた。だが、この道の先には子ども達の交通安全のためにお巡りさんが立っていて、進む先で明日香を煽った犯人は警察にお叱りを受けたという。

ここで生まれる疑問は一つ。なぜ運転手は、道の向こうにお巡りさんが立っていることを知っていたはずなのに煽り運転を行ったのか。

スマホで確認した時刻は、七時二十分。明日香の家は私の家の近所なので、昨日の彼女もこのくらいの時刻にここまで来たはずだ。

私まで同じおっさんに煽られるとは思っていないけれど、こうして現場まで一人で来てみると心細い。

そんなことを思った矢先のことだった。

「おはよう」

「ひゃいッ!?」

急に後方から声をかけられて、驚きのあまり猫のように飛び上がる。変な声が出てしまったことを誤魔化すように喉元を押さえ振り返ると、そこでは昨日ぶりの顔が私を見下ろしていた。

「……環先生」

「ああ。おはよう知華さん」

先生は自転車通勤らしく、黒い流線型のヘルメットを被り、シックなグレーのロードバイクに跨がっていた。

とりあえず「おはようございます」と挨拶を返して頭を下げる。遅れて、昨日先生に喧嘩を吹っかけて逃げたままだったことを思い出した。

怒っているだろうかと、自転車を降りてヘルメットを外す彼の顔を覗き見る。漢字談議に花を咲かせていた時とは打って変わって無表情のその顔からは、喜怒哀楽のどれも感じ取ることはできなかった。

「こんなところで、一体何をしているのだ？」

問う言葉に、少なくとも怒りは感じられない。

生徒が煽り運転の被害にあったという事実は、教師に話しておくべきだろう。私は明日香の身に起こった昨日の朝の一部始終を先生に話した。

先生は「ふむ」と顎の辺りを擦る。私と同じ疑問に行き着くことを少し期待したけれど、そこには特に触れることなく「それは災難だったな」とこの場にいない明日香を労った。

「それでキミは、この道を進むのが怖くて立ち止まっていたわけか」

「そんなこと……なくはないですけど」

ゴニョゴニョと言葉を濁す私の隣を、先生は自転車を押しながらすり抜ける。そして「では、一緒に行こうか」と私をエスコートしてくれた。

昨日もベンチの座面にハンカチを敷いてくれたし、やっぱり紳士的な一面はあるようだ。まあ、ハンカチがキモかったから台無しだったけど。

私と先生は、横並びで脇道へと足を踏み入れる。少し進むと小さな川があり、そこに架けられた短い橋を渡ると古い住宅地に入る。

道沿いの両脇に続く家々は示し合わせたかのように高いブロック塀で自分の敷地を囲っていて、そのせいかいい天気なのに周囲が妙に薄暗く感じた。

こんな具合の道だから、後ろから車が来たら大変だ。場所によっては、遠くまで走らなければならない時もある。

「なぜこんな道をわざわざ通るのだ？」

隣を歩く先生から、そんな疑問が飛んできた。

「学校への近道だからですよ。というか、先生もいつもここを通るんじゃないんですか？」

「僕は赴任して来て日が浅い。このような裏道までは把握していないよ。その荷物、自転車に乗せようか？」

「あ、じゃあお願いします」

私は肩にかけていた体操着入れにしているベージュのトートバッグを先生に渡す。

先生はそれをハンドルに引っかけた――かと思いきや、手を止めた。彼は立ち止まり、まじまじと私のバッグを見つめている。

「……何ですか？」

何か変なものでもくっついていたのだろうかと思い尋ねると、先生は上っ面だけの笑顔を張り付けてバッグのある部分を指さす。そこには、英字がプリントされていた。

「知華さん。キミはこの文の意味を理解しているか？」

「……いいえ。デザインだけで決めました」

　素直に答えると、先生はニヤニヤと口角を上げる。

「おやおや。僕の侍シャツを馬鹿にしておきながら、自分は意味もわかっていない英字のバッグを愛用している。おかしいのではないか？　ん？」

　何この人。涼しい顔をしておいて、昨日のことめちゃくちゃ根に持ってるじゃん！

「どれ、訳してあげよう」

「やっ、やめてっ！　そのバッグお気に入りなのっ！　変なことが書いてあったら、明日から使えなくなっちゃう！」

「なるほど。『私はカバになって宇宙に行きたい』と書かれているぞ」

「うわぁぁぁっ！」

　酷い！　やめてって言ったのに！　そんなこと言われたら、もう使えないじゃん！

「おまけに、スペルミスもある」

　さらに追い打ちまで！　どうにか奪い返したバッグを抱え込む私を見て、先生はご満悦の様子。

「ふははは！　漢字を馬鹿にした罰だ！」

　そっちがやる気なら、こっちだって黙ってはいられない。

「漢字なんて、馬鹿にされて当然ですっ！　画数多いし！」

「漢字は表意文字だ。発音を形にしただけの表音文字とは異なり、それ単体である程度意味が伝わるように出来ている。いわば、省略された絵のようなもの。絵を描くと捉えれば、漢字の画数は寧ろ少ないと言える」

「お、覚えにくいし！」

「それはキミの頭脳の問題だろう」

「せっかく覚えても使わないのたくさんあるし！」

「使う機会に恵まれていないだけではないか？」

「ひ、ひらがなやカタカナだけでも十分伝わるし！」

「ひらがなは漢字を省略して書いたもの。カタカナは漢字の一部を取り出したもの。双方共に、元は漢字だ」

「かっ、漢字なんて覚えなくてもスマホで一発変換できるし！」

「ある程度は学習しなければ、どの変換が正解なのかわからないだろう」

「…………」

全て論破されてしまった。

眉間に皺を寄せて押し黙る私を見下ろし、先生はまるで駄々を捏ねる子どもの相手をするような軽い溜息を落とす。

「知華さん。つまりキミは、漢字が役に立たないから嫌いだと、勉強しても意味がないと言いたいのだな？」

「そう！　そうですっ！」

「わかった」先生はしたり顔で指を弾く。「では、漢字が役に立つことをキミに証明して見せよう」

　先生の発言を上手く呑み込めない私は、首を横に傾ける。

　漢字が役に立つことを証明する？　余計なことを言ってしまったのかもと後悔しながらも歩みを再開すると、脇道の終わりである大通りとの合流地点が見えてきた。

　昨日はいたというお巡りさんは、今朝はいないようだ。もし同じお巡りさんがいたら、犯人の証言を訊けると思ったのに。

「今日は見守りの警官はいないようだな」

「あ、はい。そうみたいですね」

「犯人が明日香さんを煽った理由がわからず終いで残念か？」

　問われて、先生も私と同じ疑問を抱いていたことが判明した。口ぶりから察するに、私が気にしていたのは知っていたんだろう。人が悪い。

「だが、ちょうどいい」

「ちょうどいい？」

「漢字が役立つことを証明するには、手頃な謎だ」

「はぁ」

この人は、一体何を言っているんだろう。

「えーっと……待ってください。話の流れからすると、先生が漢字を使って煽り運転の謎を解くってことですか？」

「使うというのは語弊がある。あくまで漢字に教えて貰うのだ」

いやいやいやいや、意味わかんない。漢字が入り込む余地なんて、どこにもあるわけがない。謎を漢字で解き明かすなんて、意味不明だ。

なのに、先生は自転車を止めると背中の方に手を回してスッと漢和辞典を取り出した。褪せた朱色のカバーに、黄色く変色した小口。昨日も見た、先生が愛用しているらしき代物だ。

「……今、どこから取り出したんですか？」

「そんなことはどうでもいいだろう。それよりも、少し静かにしてくれ」

私の疑問などどこ吹く風で、先生はなぜか辞典を耳に当てている。一応小声で尋ねた。

「あの……何してるんですか？」

「聞こえないか？」先生は嬉しそうに「漢字が僕を呼んでいる」

ああ、いよいよ本格的にヤバい人だ。

先生は「なるほど」と一人呟くと、辞典の小口に親指を滑り込ませる。開かれたページのとある漢字に、私の目は自然と吸い寄せられた。

「……『煽』る、ですね」

思わず声が出る。先生は、僅かに頷き肯定した。

昨日の『虎』の時もそうだったけど、今度は『煽』を一発で開いた。毎日辞典に触っているとしても、なかなかできる芸当じゃない。

さっきは漢字が喋っているようなことも主張していたし、何か気持ち悪い。私が僅かに後ずさると、先生は「離れずによく見るといい」と辞典を私に見えるよう突き出してきた。

彼は教師らしく、熱弁を振るい始める。

「音読みは『セン』。訓読みは『あおる』『おだてる』『おこる』など。その意味は字の右側にある『扇』という漢字の意味と非常に近く、そのまま置き換えられるものも多い」

説明すると、先生は別のページを開く。今度は『扇』の掲載ページがまたしても一発で現れた。これで彼が辞典を狙って引けることは疑いようがなくなった。

「扇。建具の『戸』に鳥の『羽』と書く。涼を取るのに用いる扇子や団扇。それらを用いて風を起こす意味の『あおぐ』。波風のないところへ風を送ることから『あおる』『おだてる』といった意味もある。風変わりなものでいえば、ハンカチなんて意味も含んでいるぞ」

「はぁ、ハンカチですか」

　話を聞きながら、私は先生の思考を先読みする。

「まさかとは思いますけど、昨日の事件は煽り運転ではなく、明日香がハンカチを落としたことを運転手が知らせるためにクラクションを鳴らしたなんて言うつもりじゃないですよね？」

　ようやく私にも先生のやろうとしていることがわかってきた。言ってしまえば、こじつけだ。事件に関わりのある漢字を辞典で引いて、その意味から連想できるものを事件に当て嵌めようとしている。

　先生は「その可能性もゼロとは言えないだろうな」なんて言いながら『扇』の文字を指でなぞった。

「残念ながら、それはあり得ませんよ」

「なぜだ？」

　だって、明日香はハンカチを持ち歩くような子じゃないですから。でも、付き合いの長い親友のイメージを下げるような発言は心が痛むので言えない。

「とにかく、あり得ないものはあり得ないんです！　第一、落とし物なら運転手が窓を開けて言葉で伝えればいいだけじゃないですか」

「それもそうだな」

やけにあっさりと納得する先生。彼も本気で原因がハンカチだとは考えていなかったのか。

「仮に運転手がシャイでそれができなかったとしても、クラクションの理由が落とし物だったのなら、警官もそこまで怒りはしないはず。それに、煽る際のクラクションと何かを伝える際のクラクションとでは印象が異なるものだ。明日香さんが恐怖を感じたというのなら、やはりそれは煽り目的だったのだろう」

運転手の認識や地域性にもよるだろうけど、人によっては道を譲ってくれた時などに「ありがとう」の意味を込めて軽くクラクションを鳴らす人がいるし、前の車が青信号に変わったことに気づかず発進しない場合、同じように軽く鳴らして発進を促す光景も見たことがある。同じクラクションでも、鳴らし方で印象が変わるというのは納得できた。

トイレを我慢していたという説は明日香に否定されているし、いくらうんうんと唸っても私の頭にはもう他に何も浮かばなかった。先生も、先程から一転して黙り込んでいる。

「もうお手上げですか？　残念でしたね。漢字で事件解決なんて、できるわけないんですよ」

だって、事件と漢字に接点なんてあるわけがない。辞典を捲って事件が解決できるなら、世の警察官は拳銃や警棒ではなく漢和辞典を携帯しているはずだもの。

「そう結論を急ぐな」

先生は辞典に目を落としたまま、私に尋ねる。

「知華さん。キミは『文字禍』という短編小説を読んだことがあるか？」

「モジカ？　いえ、ないですけど」

「昨日の授業の『山月記』と同じ作者である中島敦の作品だ。この作品では『文字の精霊』と呼ばれる存在が取り上げられている」

「精霊……」

「この話は古代のアッシリア帝国が舞台で、当時は数多くの精霊の存在が信じられていた。日本で言うところの『妖怪』や『八百万の神』と似たようなものだろうか。そして、文字にも精霊がいるのではという考えに至る。だってそうだろう？　点と線、止め跳ね払いの集合体に感情を動かされるなんて、それこそ精霊の仕業としか考えられない！」

身振り手振りを加えて興奮気味に話す先生は、私の方へ目を向けるとまるで呪いのように囁く。

「いいか？　我々人が漢字を操っているのではない。漢字が我々を操っているのだ。

故に、人間が考えつくことの真相は全てここに載っている」

妖しく微笑む先生は、広げたままの辞典を指先でトントンと叩く。

「そ、そんなのあり得ません！」

謎の迫力と雰囲気に呑まれまいと、私は彼の意見を突っぱねる。そんなことなど意にも介さずに、先生は「今から証明しよう」と人差し指をピンと立てた。

「この『扇』という字には、『扉』という意味もある」

「言われてみれば似てる字ですけど」

「『戸』が『羽』のようにパタパタと動けば、それは『扉』だろう？」

「うーん……まぁ、そうですね」

私が頷くのを待ってから、先生は辞典を捲る。例の如く一発で開かれたのは『扉』の掲載されたページ。

「それで、この『扉』が何なんです？」

「これで終わりだよ」先生は満足そうに辞典を閉じながら「この漢字が、事件の真相だ」

扉が事件の真相？　私は辺りを見渡してみる。目に映る扉は、立ち並ぶ家々の門扉や玄関や勝手口のドアくらいのものだろうか。

「目で探しても見つからないぞ。運転手が警察官の前で煽り運転をしてまで明日香さんを急がせたのは、見えない扉が閉じかけていたからだ」

「見えない扉？」

　ますます意味がわからない私に対し、先生は斜め上の方向を指さした。その先にあるのは――道路標識。

　青い丸に、白抜きで大人と子どもと自転車のシルエット。その下には、何やら数字が添えられている。それを読むことで、私はようやく見えない扉の意味を理解した。

「そっか！　この道は平日の朝七時半から八時半まで歩行者と自転車の専用道路になるんだ！」

　スマホを確認すると、時刻は七時半辺り。昨日の明日香も、似たような時間にこの辺りまで来たはず。つまり、ちょうど車両の通行が禁止になる時間帯。

　タイムリミットにより通れなくなることを、先生は『見えない扉』と表現したんだ。

「毎日通ってたのに、今日まで標識に気づかなかったです……」

「悲しいが、標識とはそんなものだ」

　普段から視界に入っていても、それは眺めているだけで見ているわけじゃない。自分の観察力の低さを反省しつつ、私は先生に尋ねる。

「つまり、昨日車は七時半までならギリギリ通り抜けられると踏んで侵入してきたんですね。そして、運転手は明日香の歩むスピードに合わせていては七時半を過ぎてしまうと、先生の言うところの『見えない扉』が閉じてしまうことを危惧して、明日香を煽って急がせた」

「ああ。時間経過後でも、警察にバレなければ捕まりはしない。が、引き返すことのできない道の先には警察官がいた」

そうか。犯人はお巡りさんがいたからこそ、敢えて煽り運転を行ったんだ。

「重大な標識無視は罰金に加えて免許証の点数が引かれることもある。クラクションを鳴らしただけならば、余程悪質でない限りはせいぜい厳重注意に留められるはずだ」

「罪の軽い方を選んだわけですね。でも、数分程度ならお巡りさんもそこまで厳しく取り締まらないと思うんですけど」

「わざわざこんな狭い道を通る辺り、運転手は地元の人間だろう。加えて、時間をここまで細かく気にしていた。おそらくは、何度かこの道で取り締まられた経験があるのではないか？　だからこそ、必要以上に焦っていたのかもしれん」

先生の言い分は、私の中ですんなりと腹に落ちた。そしてそれは、同時に彼の言った漢字の有能性を認めるということに繋がってしまう。

「どうだ」

先生はドヤ顔で「漢字はとても役に立つ」と言った。

「こ、今回はまぐれです！　無理やり漢字にこじつけて解いただけに決まってますっ！」

漢字が役に立つなんて、文字の精霊の存在なんて認められない。

「今はそう思っていればいい。漢字の素晴らしさは、これから先じっくりと教えてやろう。キミにもいずれ、漢字達の声が聞こえるようになるさ」

「なって堪るかっ！」

「ふふ、楽しみだな」

普段の無表情が嘘のように、先生は笑顔だ。昨日も、漢字と触れ合っている間の先生は終始笑みを浮かべていたっけ。

私は思わず尋ねてしまった。

「先生は、どうしてそんなに漢字が好きなんですか？」

すると、彼は私の目を見て柔らかい口調でこう答える。

「昔、僕に漢字の素晴らしさを教えてくれた人がいたのだ」

「はあ……」

それがどこの誰かは見当もつかないが、彼にとって大事な人だということだけは、その表情を見ればよく伝わってきた。

二話　横一本で幸せに

私は、走るのが好きだ。

走っている間は、頭がとてもすっきりする。嫌なことなんて全部置き去りにして、ただただ自分の体をどれだけ早く前へ出せるかに没頭できる。

頬を擦る風。全身から噴き出す汗。蹴り出すグラウンドの硬い感触。酸素を急激に失って肺がキュッと締まる感覚。そのどれも気持ちがいい。

「十二秒八二！　もっと回せるぞ寿々木ィ！」

百メートル走のタイムを計ってくれた顧問の先生から檄が飛び、私は上がった息を整えながら「はい！」と返事をした。

回せというのは、ケイデンス。足の回転数のことだ。

身長の低い私に向いている走り方は、ピッチ走法。足をひたすら速く動かしてスピードを出すという、非常にわかりやすいやり方。

でも最近、タイムが伸び悩んでいる。

春から入部した後輩も含めて、陸上部女子の中で一番背が低いのは私。もっと背が高ければ――それこそ、私が佐咲さんみたいなスタイルだったなら、目指せる走り方の選択肢は間違いなく増えたのに。

「いってッ！」

ようやく呼吸が整ってきた頃、痛みを訴える声に合わせてガシャンと何かが倒れる音が聞こえてきた。

　どうやら、三年生男子の阿沖先輩がハードルのバーに足を引っかけて転倒したようだ。

　一番近くにいたのが私だったこともあり、駆け寄って「大丈夫ですか？」と声をかける。

　先輩は大丈夫だと主張しているけれど、豪快に擦り剝いた両膝には血が滲んでいた。見ているだけで痛い。

　そこへ、別の男子部員が駆け寄ってきた。同じ二年生の竜真君だ。

「先輩、これは保健室行った方がいいっすよ」

「ああ、そうだな」

　竜真君の肩を借りながら歩き出した先輩は、途中で振り返ると私に向かって口を開いた。

「すまん寿々木。そのハードル、壊れちまったから旧倉庫に入れておいてくれ」

　頼まれて見下ろすと、足元で倒れているハードルは白と黒に塗装されている木製のバーが中央辺りでポッキリと折れていた。

「重い！　何で私がこんな雑用を……」

競技用のハードルは、簡単に倒れないよう下部に重りがついており、総重量は十キロを超えている。

加えて、新倉庫ならばグラウンドに隣接する体育館のすぐ近くにあるのだけど、阿沖先輩が指定したのは旧倉庫。

尾利高校は北西にプールがあって、旧倉庫はその奥。学校の敷地内の一番角に建てられている。

私が陸上の練習に励むこのグラウンドは南西から西にかけて広がっていて、校舎は東側に二棟並んでいる。旧倉庫の鍵を借りるには、それを管理している職員室まで一度行く必要があった。

早い話が、とにかく遠いのだ。

休憩も挟みつつ喫煙所の跡地がある校舎の裏口まで来たところで『ハードルを置いて先に鍵だけ借りに来ればよかったのでは？』と気づき項垂れる。

今更落ち込んでも仕方ないので、裏口から校舎内に入り職員室へと向かった。

「失礼します」

ノックしてから、職員室の戸を開けた。それぞれの机に向かってテキパキと作業している先生達を見ると、教師の仕事って授業だけじゃないんだなんて当然のことを思ってしまう。

「どうかしたか？」

声をかけてくれたのは、環先生だった。

ちょうどお茶を淹れて席へ戻る途中だったらしい。そんな何気ない動作一つでも様になるモデル体型だけれど、手に持つ湯呑が魚偏の漢字で埋め尽くされているので全部台無しだった。

前に見た時はお土産か何かだと思ったけれど、今なら間違いなく先生が自分のセンスで選んだものだと確信できる。

やっぱり凄い漢字オタクなんだなと改めて認識しつつ、私は自分の目的を告げた。

「旧倉庫の鍵を借りたいんですけど」

鍵の貸し出しには教師の許可と、学年とクラスと名前の署名がいる。壊れたハードルをしまいたいと説明すると、問題なく借りることができた。

借りる時はちょっと面倒だけど、返す時は簡単。鍵を所定の場所に戻して、署名した自分の名前の返却欄にチェックをするだけ。

再び外に出て、地道にハードルを運ぶ。プールの外側を通り、ようやく旧倉庫に辿り着いた頃には手がちぎれそうだった。

錠を開け、両開きの扉の片側を開く。そこから差し込んだ光が、倉庫内に舞う埃をキラキラと照らし出した。

広さは一辺が六メートルくらいの正方形で、照明はない。スマホがあればよかったけれど、生憎部活中なので持っていなかった。

中には、体育祭で使う綱引きのロープや入場・退場ゲート、破れた体操マットや三段目のない跳び箱などが鎮座している。

この旧倉庫は、使用頻度の低いものや壊れたが修理可能なものの置き場となっていた。このハードルも、折れてしまった木製のバーさえ取り換えればまた使えるだろう。バレー部の破れたネットや萎んだバスケットボールなどが、入って右側に固められている。その辺りを『壊れた部活道具ゾーン』だと勝手に解釈した私は、埃を吸わないよう息を止めて倉庫に入り、ハードルを置いて外へ出た。

鍵をかけて、フゥと一息。疲れた腕をプラプラと振りながら顔を上げると、何とも魅力的な建物が視界に飛び込んできた。

「……コンビニ」

この場所は学校の敷地の北西の角。つまり、すぐ隣は学校外だ。

北側が県道に面していることもあり、集客を見込めることからいくつかの商業店舗が軒を連ねている。道路を挟んで向かいには、ホームセンターとスーパーマーケット。

そして西側、即ち学校のすぐ隣にはコンビニが店を構えている。

喉はカラカラ。足は自然とコンビニに吸い寄せられるけれど、私の体は無情にも背の高い金網に激突した。

学校という場所は安全のため出入りできるところが限られており、当然こんな場所から外に出ることはできない。

見上げる金網の高さは、二・五メートルくらい。登れない高さじゃないけれど、もちろんそんなことは禁じられている。というか、春先にここを登っているところを見つかった生徒がいて、コンビニ側から苦情がきて全校朝礼で注意があったのだ。

つまり、コンビニに行くなら東側の校門まで行き、そこからぐるりと回ってくる必要がある。ここから出られたら、かなりの近道になるのに。

「……まぁ、財布が部室だから何にも買えないんだけどね」

現実的な理由で欲望を抑え込んだ私は、踵を返して職員室を目指した。

今日の四限目は体育。三限目が終わると、皆体操着を持ってぞろぞろと体育館内にある更衣室へ移動していく。

「あれ？」と、疑問の声を上げたのは明日香だった。

「知華、あのトートバッグはどうしたの？　中学ん時から使ってるやつ」

明日香の言うトートバッグとは、環先生によって謎の英文がプリントされていることが発覚したかつてのお気に入りの品のことだ。意味を知って使う気が失せたわけだけど、正直に話せば絶対に笑われるだろう。

「……や、破けちゃってね」

なので、そう誤魔化した。

私は新しく体操着入れとしておろした無地の青い巾着袋を肩に担ぐ。明日香と一緒に教室を出ようと立ち上がったところで、後ろを振り返った。

「棚下。早く移動しないと遅れるよ？」

私が声をかけたのは、一番後ろの窓側という羨ましい位置の座席を与えられたクラスメイトの男子、棚下永路。

彼は「ん」と必要最低限の返答を零すだけで、私の方を見もしない。その視線の先にあるのは、スマートフォン。それを横向きに持ち、親指を忙しなく動かしている。

尾利高校において、スマホは授業中にさえ使わなければ基本的に取り上げられることはない。他校と比べても、緩い縛りだと思う。他に禁止されているのは、体を動かす体育や部活の時は更衣室などに置いておくというくらい。

「ちょっと、聞いてんの？」と、明日香が棚下の机の脚に蹴りを入れた。

言っておくが、私の親友は誰に対してもこんなにワイルドなわけじゃない。棚下とは中学からの顔馴染みだからこそ、こういう接し方ができるだけだ。

「わかってるよ。行くよ」

明日香の蹴りで気圧されたのか、棚下はようやくこちらに目を向けてまともな返答を寄越した。

全体的に長めの髪は億劫で散髪にあまり行っていないということを物語っていて、頬についた赤い痕は授業中居眠りしていたことを裏づけている。

彼の不真面目さの原因は、今まさにその手の中にあるスマホ。もっと具体的に言えば、ソーシャルゲームだ。

「またソシャゲ？　中学の時からずっと同じやつじゃん。よく飽きないね」

「勝手に覗くなよ。面白いからこんなに長く続いてんだ。ほっとけ」

明日香に言い返している間も、彼の指は止まらない。

「最近痩せたんじゃない？　ちゃんと食べてる？」と、私。

「食べてるよ。スマホ触りながら片手で食べられるもんだけな」

「何それ……。目の下に隈あるけど、寝られてる？」

「ちゃんと寝てるよ。四時間くらい」

「四時間!?」

あまりの少なさに、私と明日香は顔を見合わせる。

たまにショートスリーパーなのを自慢してくる人がいるけれど、棚下はそういう人とは違う。それが日常、それが普通だと言わんばかりの口調だった。

ソシャゲって、そんなに面白いものかな？　私も無料のをいくつかやったことはあるけれど、どれもすぐに飽きてしまった。

「あーあ」

棚下がようやくスマホをポケットにしまい、呟く。

「教室にＷｉ－Ｆｉが通ってればなぁ。今月もう制限されてて、通信使うゲームはまともに動かねぇんだ」

その悩みは、棚下にとって切実なんだろう。

「たしかに！　Ｗｉ－Ｆｉは欲しいよね。すぐギガ使い切っちゃうし」

明日香が身を乗り出して棚下に同調する。

「えー、べつにそこまではいらなくない？」

「いやいや、高校生にとってＷｉ－Ｆｉは深刻な悩みなの。ＳＮＳやってない知華にはわかんないかもだけど」

明日香の言う通り、私はＳＮＳをやっていない。ちょっとしたわけがあって、苦手だから。

それがよっぽど意外みたいで、このことを話すと大体の人には驚かれる。おかげさまで、私のＳＮＳ嫌いは友人界隈では有名だ。皆、そんなに何を発信したいんだろう？

「とにかく、忠告はしたからね。行くよ明日香」

時計を見て時間がないことに気づき、私は話を早急に切り上げる。

教室を出る時にもう一度だけ振り返ったが、棚下はまたスマホを取り出してぼんやりと画面を眺めていた。

⊠⊠⊠

グラウンドに出ようとすると、ちょうどぽつぽつと雨が降り始めたので、急遽体育館へ移動になった。二面に区切って男子はバスケ、女子はバレーを行うらしい。普段はどちらかがグラウンドに出るので、何だか新鮮に感じる。

バレーボールは背の高さが重視されると思われがちだけど、それはアタッカーやブロッカーだけ。私は四方八方へ飛び回り相手のスパイクをとことん取りまくる名リベロとして、試合が始まるとチームに大きく貢献していた。

腰を低くして手を組み、レシーブの体勢を構えながら相手のサーブを待つ。その時、視界の端で棚下の姿を捉えた。

あのままサボらず授業に出ていたことにホッとしつつも、すぐに別の心配に駆られる。

出番ではないのか、体育館の壁に背を預けて座っている棚下。彼は、体育での持ち込みを禁止されているスマホでこっそりゲームをしているようだった。

「あの野郎っ」

思わず、乙女っぽくない言葉が漏れる。——と、その時。

「知華ッ！」

いつの間にか放たれていたサーブが、まっすぐ私の方へと飛来してきていた。そのままバレーボールは私の顔面に直撃……とはならず、そこは現役バリバリの運動部員。軌道を予測して数歩下がり、レシーブに成功。だけど、コントロールできなかったボールはスコアボードの方へと飛んで行ってしまった。

「きゃあ！」という悲鳴と共に、スコアボードが倒れてガシャンと派手な音が鳴る。

「ごめん！　大丈夫!?」

私が駆け寄ると、得点係をしていた子は「うん、平気」と何事もなく立ち上がった。倒れたスコアボードを数人がかりで立て起こす。こちらも問題はないようだ。

だけど、

「何か、ボールから空気抜けてるっぽいよ」

明日香がバレーボールを耳に当てながら教えてくれた。私が受け取って耳を近づけてみると、たしかにシューと空気の抜ける音がしている。

と、ここで男子側のコートからドタドタと体育の樹朽（きくち）先生が走ってきた。

「お前らケガはないか!?」

「大丈夫です。でも、ボールを駄目にしちゃったみたいで」

「どれ、貸してみろ」

先生は毛深い腕を伸ばすと、私の持っていたバレーボールを片手で摑み取った。そのまま耳に押し当てると「こりゃあ穴が開いちまってるな」と結論付ける。

「すみません」

「年季の入ったボールだからな。気にすんな寿々木」

カッカッカと快活に笑う先生は、シュンとしている私の頭をポンポンと叩く。イケメンにされたならば心がときめく行動だけれども、筋骨隆々とした四十代のおじさんにされるのは正直微妙だった。

「おーい！　体育委員！」

息を短く吸った先生が、体育館中に響く大声で全ての生徒へ呼びかける。クラスの皆はゲームを中断すると、それぞれが顔を見合わせて首を傾げていた。

そういえば、体育委員って誰だっけ？　私の学校は全ての生徒が何らかの委員会に入ることになっていて、その割り振りは春先のホームルームで決定済み。

でも、体育委員の印象が薄くて思い出せない。基本的に体育祭くらいしか仕事がない委員だから、やりたがった人は多かったと思うけど。

誰だっけ？　と皆が騒めき出した辺りで、ようやく一人の男子生徒が手を挙げた。

「棚下か。すぐに名乗り出ろ！」

「すんません」

上っ面だけの謝罪をする棚下。しかも、片手はハーフパンツのポケットに突っ込んだまま。

先生も少し苛立ったのか、穴の開いたバレーボールを棚下へ少し強めに投げ渡した。

「悪いが、それを旧倉庫にしまってこい」

棚下の表情に不満が滲む。だけど、強面の先生に反抗できるはずもなく、棚下は「へいへい」と気のない返事をその場に残して、体育館から出て行った。

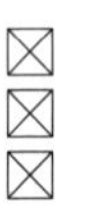

五限目。クラスの女子達はそわそわと落ち着きのない様子で、男子達は不服そうに頬杖をついている。現国の時間。彼の登場だ。

ガラガラと教室の戸が開き、環司先生が入室する。途端に小さな黄色い悲鳴が教室を包み、先生はそれを意に返すことなく淡々と出席を取る。

私は目を細めて、白地のワイシャツの胸元をよく観察した。薄っすらとだが、インナーにプリントされた『最強』という漢字が透けて見える。

漢字がデザインされたシャツを内側に着るのは先生のポリシーらしく、それがどんな漢字なのかをワイシャツの上から読み取るのが、現国の授業における最近の密かな楽しみだった。

彼が重度の漢字オタクであることは、どうやら私しか知らないみたいだ。せめて明日香には話そうと思ったのだけれど、彼の外見に身も心も陶酔している彼女をがっかりさせたくない。女子から嘘を言っているのではないかと反感を買うのも嫌なので、誰にも打ち明けることなく今日に至っている。

そもそも自分の趣味なんて、生徒にわざわざ曝け出す必要のないものだ。なので、先生自身に漢字オタクであることを隠す気があるのかどうかは、正直よくわからない。

でも、誰も知らないイケメン教師の秘密を自分だけが握っているというのは、案外悪くないなーなんて思ったりもする。

「明日香さん」

「はぁい」

苗字が『紗東』の明日香が呼ばれ、語尾にハートマークがついていそうな返事をする。次いで苗字が『寿々木』である私の名前が呼ばれたので、「はい」と短く答えた。

先日、先生になぜ生徒を下の名前で呼ぶのか尋ねた時、彼は当たり前のようにこう答えた。

「名前というのは、親御さんがくれた自分だけの最高の文字だ。そちらで呼ばない方が、寧ろ失礼だろう」

漢字好き故の考え方なんだろうけれど、その発想は嫌いじゃない。個人が尊重されている気がして悪い気がしないし、そう言われると名前で呼ぶ方が自然なのかもしれないとも思えた。

「永路君。……永路君？」

と、先生の怪訝な声がした。

返答がないため、先生だけでなく皆の視線が棚下の座席である一番後ろの窓側へと集まる。鞄は残っているのに、その座席はもぬけの殻だった。

「誰か彼の不在理由を知っているか？」

「たしか体育の時、先生に頼まれて旧倉庫に向かったよね？」

「昼休みもいなかったよな？」

「どうせまたサボりじゃないっすか？」

数人の生徒の意見を聞き、先生は思案する。が、結局は一人の生徒のために授業を中断することはできないということで、普通に授業が始まった。

まあ、実際棚下にはサボり癖がある。度々いろいろな授業を抜け出しているので、現段階で既に出席日数が危うい問題児として教師に目をつけられているとかいないとか。

今もどこかでこっそりと、遅くなった回線でソシャゲに興じているんだろう。そんな決めつけの予想が裏切られることになるのは、その日の放課後だった。

☒☒☒

「すまん寿々木。ハードルのバーのストックが見つかったから、昨日のハードルを旧倉庫から取ってきてくれないか？」

放課後。幸い雨が上がったので練習着に着替えてグラウンドへ出た私に、阿沖先輩が開口一番そう頼んできた。

私が表情だけで『面倒くさい』と訴えると、両手をパンと合わせて頭を下げてくる。

相手は足をケガしているし、先輩からの頼みなので無下にもできない。「わかりましたよ」と受け入れると、私は早速職員室へ鍵を取りに向かった。

昨日と同様に、校舎の裏口から中に入る。職員室の戸を開けて「失礼します。旧倉庫の鍵を借りたいんですけど」と声を上げた。

私の声に反応を示してくれたのは、今日も環先生。

「おお、知華さん。ちょうどよかった」

「ちょうどよかったって、何がです？」

「何って、キミは永路君のことを気にかけて旧倉庫に行くつもりだったのではないのか？」

ああ。棚下のこと、すっかり忘れてた。

「ええと、そうじゃなくて。私は先輩からの頼みで旧倉庫に用があるんです。なので、鍵を貸してください」

「それはできない」

「何でですか？」

問うと、先生は答えた。

「旧倉庫の鍵が、返却されていないからだ」と。

鍵が戻っていない？　棚下が返すのを忘れて持って帰ってしまったんだろうか。いやでも、鞄は教室にあったからさすがに帰宅したとは考えにくい。

放課後を迎えた今、サボッて時間を潰す必要もないはずなのに。

何やら、事件の匂いがしてきた。顔を見合わせると、先生も私と同じく不安に駆られた様子。

「スペアキーはないんですか？」

「あるが、生徒の持ち出しは禁止されている」

「だったら、先生もついてきてください！」

そうして私達二人は、大急ぎで旧倉庫へと向かうことになった。

先生の靴は職員用玄関にあるので途中で別れて、それぞれが別々に目的地へと急ぐ。

プールの脇をすり抜けて先に旧倉庫へ辿り着いたのは、私の方だった。

旧倉庫の両開きの扉は、しっかりと閉じられている。私はすぐさま両方の取っ手を摑んで引っ張ったけど、扉は全く開かない。鍵がかかっているようだ。

私はドンドンと扉を叩き「棚下！　中にいるの!?」と呼びかける。すると、

「……寿々木か？」

中から、返事があった。

状況から見るに、棚下は閉じ込められてしまったらしい。鍵は彼が持っているはずなのに、なぜ？　疑問を解決するのは、棚下を外へ出してからだ。

それにしても、先生の到着が遅い。苛立って地団太を踏んでいると、ようやく姿が見えてきた。

「ちょっと先生！　遅いですよっ！」

「キ、キミが速すぎるのだぁ」

「運動不足なんじゃないですか？　いいから鍵！　こっちに投げてください！」

先生は言われるがままに鍵を放る。コントロールは悪かったけれど、私は何とか両手でキャッチした。

「は、早く出してくれぇぇぇ！」

と、棚下が内側から激しく扉を叩き騒いでいる。

「今開けるから！」

大声で伝えてから、鍵穴に鍵を挿し込みぐるりと回して取っ手を引っ張る。しかし、開かない。

回す向きが違ったのだと、今度は鍵を逆方向に回す。すると、扉はようやく開かれた。

中から、体操着姿のままの棚下が顔を出す。

「いやぁ、マジ助かった！　ありがとな寿々木！」

幸いなことに、彼は元気そうだった。ポケットに手を突っ込んで、先程まであんなに喚いていたのが嘘のようにヘラヘラと笑っている。

　彼が閉じ込められていた時間は、約三時間。真夏や真冬じゃなかったのはよかったが、それでもかなりの時間閉じ込められていたことになる。

　おまけにここは、滅多に人の来ない旧倉庫。このまま誰にも発見されなかったらどうしようという恐怖はなかったのかな？　少なくとも、棚下の表情からそういうものは感じられなかった。

「何で閉じ込められてたの？」

「それが、わからないんだ。俺が倉庫を開けて中に入ったら、急に外から扉と鍵を閉められて」

「でも、鍵は棚下が持ってたんでしょ？」

「ボールを一個置いて帰るだけだったから、鍵穴に挿しっぱなしにしてたんだよ」

　つまり、誰かが悪意を持って棚下を旧倉庫に閉じ込めたということになる。ひょっとして、いじめとか？　でも、棚下がいじめられているなんて話は聞いたことがないけれど。

「つーわけで、先生」

　棚下は環先生に向かって「今日の五限目と六限目は、出席扱いになりませんかね？」

たしかに、本意ではなく閉じ込められ授業に出られなかったのなら棚下に非はない。欠席扱いでは可哀想な気もするけれど、頼みごとをするならせめてポケットから手ぐらいは出すべきだと思う。

先生が「前向きに検討しよう」と言うと、彼は満足そうに「あざっす」と礼を述べた。

「じゃあ、今日のところは帰るわ。トイレも行きたいし、喉も渇いてるし」

「ああ、うん。じゃあね」

私がそう答えるよりも前に、棚下は歩き出していた。その背中が見えなくなってから、先生がぼそりと口を開く。

「妙だな」

私は同意の意味を込めて、うんうんと頷いた。

「はい。長時間閉じ込められていたのに、元気すぎます」

「そこは女の子の前だから、かっこつけて平気なふりをしているとも考えられる」

「じゃあ、何が妙なんです？」

「スマホを持っているのに、誰にも助けを求めなかったことだ」

「あっ」

先生に言われて、私は棚下が体育の授業中もこっそりとスマホを弄っていたことを思い出す。

「たしかにアイツ、体育の授業にスマホを持ち込んでいました！　でも、何で棚下がスマホを持ってるってわかったんですか⁉」

「永路君は頼みごとをする状況なのに、ポケットから手を出さなかった。それはハーフパンツのポケットの不自然な膨らみがバレないようにするためだろう。体操着姿である今、教師である僕の前で所持していることがバレるとまずいもの。思いつくのはスマホか煙草くらいのものだが、彼の口からは煙草の匂いも口臭ケアをした後のような匂いもしてこなかった。よって、所持しているのはスマホだと予測できる」

樹朽先生に体育委員として名乗り出た時もポケットに手を入れたままだったのは、そういうわけだったのか。

「棚下は、何で助けを呼ばなかったんでしょうか？」

「さてね。気軽に呼べるほど親しい友人がいなかったとかではないか？」

「だとしても、両親とか警察とか、いくらでも連絡先はあります」

「SNSという手段もあるな。知華さんは永路君のアカウントを知らないのか？」

「知りません。私、SNS苦手でやってないですし」

まあ、やっていたとしても棚下をフォローするとは思えないけどね。

「とにかく、先生の言った通り、スマホを持っていた以上助けを呼ばないなんてあり得ません！」

　私の意見を、先生は「そうだな」と受け止めた。親指で顎を撫でながら、彼は目を旧倉庫に移す。

「少し調べてみる必要がありそうだ」

　その提案に、私はひょいと乗っかった。

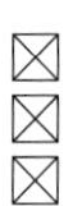

　旧倉庫を改めて観察すると、まるであばら屋だった。

　木の板を打ち付けただけの粗末な外壁は鼠色に色褪せて、腐り果ててしまったらしい箇所はトタン板を釘でワッペンのように打ちつけ応急処置されただけの雑な状態だ。中に入って見上げると、無数の穴から僅かな光が差し込んでいる。

「そういえば、ここ、お化けが出るらしいですよ」と、私。そんな噂を聞いて、明日香が怖がっていたことを思い出した。あの子は肝が据わっているくせに、お化けは苦手なのだ。

「なるほど。幽霊の類が永路君を閉じ込めたという可能性もあるな」

「冗談ですよ。本気にしないでください」

まともに受け取られそうだったので釘を刺しつつ、私は建物の外周を見て回る。脱出の鍵は、やはり出入り口の扉だと思う。

両開きの木製だけど、外壁や屋根などと比べると比較的新しく見える。多分、一度壊れて取り替えているんだろう。

左右どちらの扉にも、コの字形の鉄の取っ手が扉の中央に寄せる形で、内外の両側に取り付けられている。

「扉が内側から開けられるタイプだったら、何も焦る必要はないですよね」

助けを呼ぶ必要がなかったことも納得できる。でも、当然そんなわけはなかった。

扉についている鍵は、埋め込まれている鍵穴に鍵を挿して回せば開くタイプ。こういうのは内側から解錠できるツマミがついているイメージがあるけれど、この鍵の内側には何もついていなかった。

「鎌錠だな」と先生が呟いた。そういう種類の鍵らしい。

先生が鍵を挿して数回回すと、中ほどで九十度折れ曲がっている鉄の軸が出たり引っ込んだりする。この鎌のようなパーツが鍵のついていない側の扉の小口に開けられている穴にがっつりと入り込むことで、扉がロックされる仕組みのようだ。

「この錠って、ピッキングとかで開くんですかね？」

「ピッキングしようにも、内側には鍵穴がないだろう」

「それじゃあ……ガタガタ揺らしたら、案外簡単に開いたりして」

「そう思うならば、やってみるといい」

　ということで、私が中に放り込まれる。扉が閉まると中はほぼ真っ暗になり、ガチャリという施錠の音がやたらと耳の奥に響いた。

　左右の取っ手を摑み、全力で押したり引いたりしてみる。でも、扉は多少前後に動くだけで錠が開く気配はない。私じゃなくて男子がやったとしても、開けることは難しいと思う。仮にどうにか開いたとしても、その場合扉がどこかしら壊れてしまうだろう。

　出られないとなると急に怖くなってきて、思わず大声で「出してください！」と叫んでしまう。

　すぐに扉が開かれ、差し込む光と先生の姿に安堵する。涙が出そうになったのを悟られまいと、私は「目に埃が」と言って誤魔化した。

「少なくとも、中からこの扉を壊さずに開けるのは無理だと思います」

　涙声になっていないか心配しつつ、私は実験結果を報告する。

「知華さんが到着した時点で鍵は閉まっていたのだから、永路君が開けていたはずはないのだがな」

「わかってたなら、やらせないでくださいよ！」

意地悪教師に激怒しつつ、私は別の脱出経路を探してみる。目星をつけているところは、実はもう一か所あるのだ。

「ほら先生。窓があります」

旧倉庫の西側、つまりはコンビニ方向に窓が一か所だけ設置されていた。とはいっても位置が高いうえに、とても小さい。

今度は先生と一緒に旧倉庫の中に入り、窓を見上げる。倉庫内の備品をかき集めて土台にすれば手が届きそうだけど、窓には埃が積もっていて、最近開けられた形跡はない。仮に開けられたとしても、あそこからの脱出は小柄な私でさえ不可能だろう。

「窓からいつでも出られるからスマホで外部と連絡を取らなかった……という線はなさそうですね」

「それ以前に、永路君は窓を開けようともしていないようだな」

疑問点は増すばかりだ。

私は、もしも自分がここに閉じ込められたらと想像する。

暗い倉庫内。軋む嫌な音。お化けが出るという噂。このまま見つけて貰えないのではという恐怖。ついさっき疑似的に閉じ込められただけでも、よくわかる。

出られないにせよ、窓が少しでも開けばそこから大声で助けを呼ぶことだってできる。一応確認くらいはするんじゃないだろうか？

焦らなかった理由は、やっぱりスマホを持っていたからなんだろうけど。そこを踏まえても、脱出する気が更々なかったというのは疑問が残る。

唸っていると、私の頭の中に一つの仮説が浮上した。

「わかりました！」

「ほう。聞かせて貰おう」

中は埃っぽくて敵わないので、一旦外へ出る。練習着についた埃を叩き終えてから、私は自分の説を堂々と披露した。

「棚下は授業をサボりたいがために、友人に外から鍵を閉めて貰い、わざと閉じ込められていたんです。放課後開けて貰う約束をしていたなら、全く焦る必要はありません！」

「ならば、今頃協力者の友人がここに来ているはずではないか？」

「作戦を変えたのかもしれません。教師の前で閉じ込められていたことを確認させた方が、出席扱いにして貰いやすいですし。作戦の変更は、スマホで簡単に伝えられます！」

「だが、僕達がここへ来たのはたまたまだろう？」

「それは……」

阿沖先輩が棚下の協力者ならまんまと嵌められたと思えるけれど、先輩と棚下には私の知る限り何の接点もないし、先輩がこんな馬鹿馬鹿しいことに協力するとも思えない。

「……もしかしたら、教室や更衣室に残ってる棚下の荷物が見つかれば、誰かが気づくと踏んでいたのかもしれません。鍵を友人に持たせておけば、解錠可能なのは生徒の持ち出し不可のスペアキーのみ。必然的に、教師の誰かが来ることになりますよね？」

そして、もし誰も来ないようであればその友人に連絡して普通に開けて貰えばいいというわけだ。

「どうです？」

「現状では、ないとは言い切れないな」

先生が否定しなかったことに、私はエッヘンと胸を張る。そして、こう言ってやったのだ。

「ほら。不思議なことを紐解くのに、漢字なんて必要ないんですよ！」

これが余計な一言だった。

「いい気になるには、まだ早いのではないか？」

今までと違う硬質な声が響き、一見冷静に見える先生のこめかみが、ピクピクと動いている。宣戦布告と受け取ったのだろう。彼は手を後ろに回すと、朱色のカバーの漢和辞典をスッと取り出す。まるで手品みたいに。

「それ、持ってきてたんですね。っていうか、いつもどこから取り出してるんですか？」

「べつにどこでもいいだろう。僕はこの辞典を、肌身離さず携帯している」

それはまた、随分な荷物だこと。

「それって、いつから愛用してるんですか？」

「高校からだ」

にしては、随分と年季が入っているように見える。どのくらい使い込めば、こんなにボロボロになるんだろう？

「大事なものなんですか？　その辞典」

「そうだな」

先生はところどころ黒ずんでいる朱色のカバーを指の腹で撫でて「僕の宝物だ」と呟いた。

うーん。誰かからの贈り物とか、形見の品とかなのかな？　眺めてみたところで、答えがわかるはずもなかった。

「さて、ここからは本気で謎を解かせて貰おう」

今までは本気じゃなかったらしい。

辞典を小脇に抱えた先生は、勇み足で倉庫内へと入っていく。中でスマホを取り出すとしばらく画面を眺めていたので「どうかしましたか？」と尋ねると、彼は「何でもない」と答えてライトを起動した。

倉庫内が、少々心許ない光量で照らし出される。

先生に続いて私も倉庫内に入ると、程なくして足に何かが当たる。それを目にして、私は当初の目的をようやく思い出した。

「しまった！　阿沖先輩に、壊れたハードルを持ってくるよう頼まれてたんだった！」

棚下が閉じ込められていたという衝撃で、すっかり脳内から抜けていた。早く戻らないと怒られてしまう。

「先生。すみませんけど失礼します！」

「待て。キミには今から漢字の素晴らしさを」

「また今度聞いてあげますから！」

私はハードルを持ち上げて外へと引っ張り出そうとする。そこで、妙なことに気づいた。

「あれ？」

「どうした？」

「このハードル、バーが折れちゃったからここまで運んできたんです。昨日見た時は真ん中で折れていて、両端はボルトで固定されたままでした。なのに今は、折れたバーの片側がなくなっています」

先生は私の背後からハードルにライトを当てて状態を確認すると、「ひょっとして」と呟いて光を倉庫内の破れている体操マットの上に向けた。

「バーのもう片方とは、アレではないか？」

先生の指さしたそれを私が拾い上げる。白と黒に塗装されているその板は、間違いなくハードルのバーだった。

「これです！　ほら、断面の形もピッタリ一致しますし！　昨日ここに運んだ時点では、まだハードルと繋がってる状態だったんですけど」

「旧倉庫の利用頻度は極端に少ない。鍵の貸し出しリストを確認する必要はあるが、状況からしてバーの片側をもぎ取ったのは永路君と考えていいだろう」

それは私も同意見。バーは結構ボロボロだったし、その気になれば破壊して取るのは難しくないはず。

「問題は、これを何に使ったかですね」

それこそ、脱出を試みるための道具としてはお誂（あつら）え向きだ。叩いてよし。突いてよし。壁や窓に穴を開けることもできると思う。

だけど、旧倉庫内の痕跡からして棚下に脱出する意思はなかったはず。実際、バーにはもぎ取った箇所以外乱暴に扱われた形跡はない。

じゃあ、何気なく触れてみたらポロリと取れてしまったとか？

私が運んだ時の感じではしっかりと両端は固定されていたし、力ずくで取ってやろうという意思がなければ取れることはないと思うけれど。手持無沙汰だから弄って遊んでいたとか、そんなところだろうか。

「ふむ」

先生は、私の手にあるバーを繁々と眺める。

「ここから攻めるとしよう」

攻めるって何を？　と思ったけれど、先生が倉庫に入った目的は辞典で引く漢字を探すため。そして、彼が選んだのは折れたハードルのバーの片割れ。

「これが関係あるとは思えませんけど」

「そんなことはない。永路君が折っている以上、そこに潜む漢字には彼の意図が隠されている」

私には、永遠にわかりそうもない考え方だ。

先生だけに見えている、漢字の世界。辞典の中から、今回は何が選ばれるんだろうか。

「知華さん」

先生は、私の持つ折れたバーを指さして問いかける。

「それを漢字にすると、何になる?」

尋ねられて、持っているバーをいろんな角度から調べてみた。結論は纏まっていないけれど、とりあえず話し始める。

「ええと……素材で考えれば、当然『木』です。色で考えれば『白』と『黒』で、形で考えれば『二』かな?」

「それは特徴であり、その物体を示す漢字ではない」

「そういう意味なら……『板』じゃないですかね?」

人によっては『棒』と答えるかもしれないけれど、平たいので個人的には『板』だと思う。

先生は頷き、辞典を開いた。一発で『板』のあるページが出てくることに、私はもう驚かない。

「板。読み方は『ハン』『バン』『いた』。成り立ちは形声に分類される」

「ケイセイ?」

「漢字の成り立ちは、大きく六つに分類される。その字の特徴を表す部首と読み方を示す漢字の組み合わせで成り立っているものが形声であり、六つの分類の中では最も数が多い」

　漢字とは、中国から伝来したものだ。だから漢字の読み方には、中国での発音を基にした音読みと、日本ならではの読み方である訓読みが存在すると先生は続けた。

「だから、読めない漢字に出会った時は部首ではない部分の音読みをしてみるといい。案外当たったりするぞ」

　そんな豆知識で話を締め括る――ならちょうどいいのに、先生の熱弁は止まらない。

「ちなみに成り立ちの六分類は六書(りくしょ)と呼ばれ、象形・指事・形声・会意・転注・仮借から成る。例えば象形は――」

「あーもう！　そうやってお勉強みたいになるから嫌なんですよ！」

「そうは言っても、どのような言語も勉強せねば身につかない」

「そりゃそうですけど、もっと興味を引くような工夫をして欲しいわけです」

　例えば、と私はちょうど手に持っていたバーを横向きに持つ。

「先生。『辛い』って漢字わかります？」

「当然だろう」

「その漢字に横を一本付け足すだけで、あら不思議。何と『幸せ』って文字に変わるんです！　どんなに辛いことがあっても、あと一つ頑張れば幸せに変わる。どうです？」

これは私が考えたんじゃなくて、昔、明日香から聞いた話だ。明日香もネットで見つけたと言っていたので、作者が誰かはわからない。でも、先生の自己満足トークよりよっぽど楽しい漢字の小話だと思う。

なのに先生は、首を大きく捻って話の内容を上手く呑み込めない様子。

「……よくわからんのだが？」

「何でですかっ！　ほら、『辛い』の上の方に横を一本付け足したら『幸せ』になるでしょ！」

「それはわかるのだが、『辛い』の本字、即ち今の形となる前の字は、現在の『辛』の下部に横を一本付け足した形をしている。つまり、あと一つ頑張っても辛いままだということだ」

「本字とか知らないしッ！」

「加えて、幸せという文字は自由を拘束する手枷の象形がルーツだという説もあり、それも踏まえて考えると――」

「もう！　せっかくのいい話を台無しにしないでよっ！」

怒り心頭の私を余所に、先生は「だが、いい漢字が出てきたな」と嬉しそうだった。

「いい漢字？」

「ああ」

　先生は辞典を開き指さす。

「ずばり『横』だ」

　横？　ああ、辛いという漢字に付け足す一本の線を私は『横』って表現したっけ。

「でも、それは私が何気なく話して出てきた漢字ですよ？　棚下の件とは何も関係ない気がするんですけど」

「そんなことはない。人は皆、文字の奴隷だ。キミの口を通じてその文字が出たこともまた、精霊の為せる業」

「前に言ってた『文字禍』のやつですか？」

　人が文字を操っているのではなく、文字の方が人を操っている。先生の説だ。

「今回は、キミが漢字に呼ばれたようだな」

「呼ばれてないです！　変なこと言わないでください！」

「だが、実際にこの漢字を使うことで謎を解くことができる」

「――え？」

　そんなこと、とても信じられない。だけど、この人はそんな非現実的な考え方で、前回実際に謎を解いてしまった。

　先生は辞典を片手に、私へ問いかける。

「知華さん。この『横』という漢字が、なぜ横という向きを示す意味となったか知っているか？」

横がなぜ横なのか？

頭の中で復唱すると混乱してしまう。そんなもの、横は横だ。そう習ったからとしか答えようがない。という私の結論を表情から読み取った先生は、得意げに口を開く。

「成り立ちは『板』と同じく形声で、木偏に黄から成る。この漢字が今の意味を持つ理由は、この文字が元々『かんぬき』という意味を持っていたからだ」

かんぬきとは、扉を跨ぐように渡して開かなくする材木のこと。

「でも、かんぬきってたしか別の漢字がありましたよね？」

「ああ。門構えに漢数字の一で『閂』。見た目的にも、非常に伝わりやすい文字だ。漢字に限らず、文字や言葉とは時代の移り変わりに合わせて形や役割を変えていくものだ」

そうして『横』という漢字には、現在かんぬきの向きの意味だけが残っているということらしい。そしてそれはそのまま、謎の解答の一つとなる。

「そっか！」

思わず喉の奥から出た大声を恥じらいもせず、私は先生と一緒に倉庫の中に入り扉を閉じる。

真っ暗になった倉庫内で、先生のスマホのライトを頼りに手に持っていたハードルバーの切れ端をコの字形の取っ手の間に渡した。その状態で扉を押してみると、思った通り。バーがかんぬきの役割を果たして、扉を開けることができない。

「私はここまで走ってきて、すぐさま取っ手を摑んで前後に揺らしました。その時この扉が開かなかったのは、鍵がかかっていたからじゃない。棚下が折れたバーをかんぬきにしていたから開かなかっただけで、鍵は最初から開いていたんだ！」

先生は首肯すると、かんぬきを外して外へ出る。そして、私が出るのを待ってから扉を閉めた。

現れたのは、鍵穴。

「あの時、倉庫の中から聞こえた永路君の声に知華さんは相当慌てていたね？」

「そりゃあそうですよ。棚下も中から凄い激しく扉を叩いて出してくれーって騒いでましたし」

「そうだ。永路君が必要以上に騒いでおり、キミの耳にはガチャリという鍵の開錠音が聞こえなかった」

言われて、私は思い返してみる。

あの時、私は鍵を回したけど扉が開かなかったので、回す向きが逆なのだと思い反対側へもう一度回した。すると、扉が開いた。

ガチャリという解錠の音が聞こえる状態だったら、起こりえないミス。つまり、あの時私は鍵で一度閉めてから開けていたんだ。

「棚下が騒いでたのは、私の耳を塞ぐための演技だったわけですね」

そもそも閉じ込められていたこと自体が偽装だったんだから、演技に決まっている。

無性に腹が立ってきた。

「かんぬきに使用したバーは、騒いでいる間に抜き取ってしまえばいい。体操マットの上に落ちていたのは、そこに投げれば落下の音を最小限にできるからだろう」

なるほど。辻褄が合う。

これで棚下がクロであることは確定し、私が提言した友人に外から鍵をかけて貰っていたという仮説も崩れる。いつでも脱出できるのなら、誰かに頼む必要などないのだから。

「奴が帰る前に、とっ捕まえましょう！」

「賛成だ。ひとっ走り頼む」

「先生も走るんですよ！　負けた方がジュース奢りです！　ほら、よーいドン！」

ややフライング気味だった気もするけれど、私は構わずにスタートを切った。

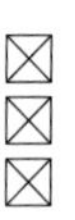

敷地外周から校門の方へ回り込むルートを疾走する私は、周囲の「何をそんなに急いでいるんだ？」という視線も気にすることなく昇降口を目指す。

後方から先生の足音は聞こえてこない。代わりに、別の音が聞こえてきた。

――チリンチリン。

金属が優しく弾かれる音に振り返ると、道中にあった職員用の駐輪場で自分のロードバイクを調達した先生が物凄いスピードで追い上げてきていた。

私は前を向きさらに足を速く動かしたけれど、あっという間に追い抜かれてしまう。

「ズルい！　反則じゃんか卑怯者ッ！」

「自転車を使ってはいけないというルールは聞いていない。悪いが、先に行かせて貰うぞ」

悠々とペダルを漕ぐと、先生はゴールである生徒用昇降口の前でキュッとブレーキをかける。それに遅れること十秒、私も先生の元へ到着した。

息が切れて肺がひたすらに酸素を求めているけれど、急いだ甲斐はあったみたいだ。

昇降口からポカンとした顔でこちらを見ているのは、棚下永路その人。

「ち、ちょっと……棚下……はぁはぁ……ま、待ちなさい……」

私は肩で息をしながら、両手を広げて行く手に立ち塞がる。

タイミング的に、旧倉庫での件で自分に不都合な事実がバレたことを察したのだろう。棚下は「わりぃけど、用があるんだ」と、私の横を足早にすり抜けようとする。

しかし、先生がそれを許さない。自転車から降りた彼は、棚下に詰め寄った。

「……何すか、環先生」

「すまないが永路君。キミに少し話がある」

長身故の見下ろされる威圧感に、棚下の足が半歩下がる。

先生が足止めしてくれているうちに、私の呼吸も整ってきた。先生の反則行為を咎めたいのは山々だけど、残念ながら今は優先するべきことがある。

私は視線を、不貞腐れた顔をしている棚下へ移した。遠回しに話を聞き出すのは苦手なので、単刀直入に聞こう。

「棚下。旧倉庫に閉じ込められてたのって、自作自演だよね？」

「……何でそう思う？」

「ネタは上がってるの。ハードルのバーを折ってかんぬきにして、鍵がかかっているように見せかけたでしょ？」

彼は黒目を横に逸らして押し黙る。それは頷いているも同然だった。

「……五限と六限は欠席扱いでいいっすよ、環先生」

「当然だろう。それで、旧倉庫の鍵はどうした？」

「さっきちゃんと職員室に返してきました。迷惑かけてしまって、すんません。寿々木も、悪かったな」

　企みが暴かれた彼は、随分と素直になってしまった。

　まあ、棚下はソシャゲ依存症が原因で授業態度に問題こそあるけれど、べつに不良生徒ってわけじゃない。非を認めて反省しているのなら、先生も大事にはしないだろう。

「じゃあ、失礼します」

　頭を下げ、先生の脇を通り過ぎようとする棚下。

「待て」その背中を、先生が呼び止める。「話はまだ終わっていない」

　先生は意外と厳しい人なのかもしれない。棚下とは中学からの知り合いというだけの関係だけど、一応謝って貰ったし、私的にはこれ以上の罰は必要ないと思うんだけど。

「先生、もういいじゃないですか」

「いいも何も」先生は棚下を見据えて「これからが本題だ」と言った。

　それは、どういうことだろう？　トリックはわかったし、棚下もそれを認めた。解決のはず……。

「此度の全ての謎は『横』という漢字一文字に集約される」

　彼は愛用の辞典を再びどこからともなく取り出すと、表紙を軽く叩きながら恥ずかしげもなく告げた。

「さあ、漢字の奥深さを思い知って貰おうか」

「はあ……え？　漢字？」

　事件の当事者である棚下の頭上に、クエスチョンマークがいくつも浮かんでいた。

そこに疑問を抱く気持ちはよくわかる。

　先生は、困惑する生徒のことなど気にも留めずに悠々と語り始めた。

「キミは先ほど、自作自演で閉じ込められたふりをしていたことを認めたな？」

「まあ、そうっすけど……」

「では、旧倉庫の中で約三時間もの間、何をしていた？」

「わかった！」

　棚下が答えるより先に、私が手を挙げて割って入る。

「僕の授業の時も、そのくらい積極的だと嬉しいのだがな」

「うっ……それは今関係ないです！　ええとですね、棚下はズバリ、寝てたんですよ！　寝る間も惜しんでソシャゲばっかりしてるから、一日四時間しか寝てないんですよコイツ」

　彼の目の下にくっきりと浮かんでいる隈は、たしかに寝不足であることを物語っていた。

「寿々木の言う通りっす。お誂え向きのマットがあったんで、少し横にならせて貰ってたんすよ」

　大正解！

　私は棚下の口から先生の指定した『横』という漢字が飛び出したことに気を取られながらも、得意げに先生の顔を見た。

「嘘はいけないいな」

　が、先生は彼の自白を受け入れない。

　ここで初めて、棚下の表情が苦いものへと変わった。

「何で嘘だってわかるんですか？　先生が提示した『横』にも繋がってるじゃないですか」

「では訊こう、知華さん。キミはあんな埃まみれの場所でぐっすり眠れるか？」

　そう言われてみると、体に悪そうとは思う。寝るなら、最低でも窓くらいは開けようとするかもしれない。でも、人に見つからないのと、体を伸ばして眠れるというメリットはあるし……。

「寝不足だったら、全然眠れるんじゃないですか？」

「だが、わざわざあんなところに籠らなくても、彼は授業中によく眠っているではないか」

授業態度を指摘されて、棚下はぐうの音も出ない様子。

「叱られてやんの」

「知華さん。キミもたまに寝ているぞ」

「ごめんなさい」

私のことはさておき、棚下は授業中も堂々と寝ている。それに、寝ていても一応授業は出席扱いになる。なら、眠るためという理由でわざわざあんな倉庫に籠るのはたしかにおかしな気がした。

「じゃあ、先生。棚下は何で旧倉庫で閉じ込められたふりをしたんですか？」

体よくサボったうえで出席扱いにもするためでないとすれば、彼は一人で何をしていたというのだろうか。

「キミもよく知っているだろう。彼が授業より、そして睡眠よりも優先するもの。それは一つしかない」

そこまで言われたら、答えは決まっている。

「ソシャゲですか？」

俯いていた棚下の眉が、僅かに動いたように見えた。でも、それは……。

「棚下のスマホ、今月はもう制限がかかってて思うようにゲームできないはずですけど」

「だからこそだ。言っただろう。答えは全て、一つの漢字に集約されている」

「横ですか？　横……横……」

　――あ！

「旧倉庫の横はコンビニ！　あの場所は、コ､ン､ビ､ニ､の､フ､リ､ー､W､i､-､F､i､が､届､く､ん､だ､！」

　昨日私が旧倉庫に行った時は、部活中だからスマホを持っていなかった。

　さっき先生は、旧倉庫を調べる際に灯りをつけるためスマホを出した。普段からWi-Fiに繋げる設定にしておけば、スマホにはその場で繋がるWi-Fiの情報が表示される。先生も棚下も、きっとスマホを灯りにしようとした時に気づいたんだ。

　旧倉庫に籠ったのは、Wi-Fiに繋げて快適にソシャゲをするため。それならとても棚下らしいし、納得できる。

　図星を指していることを裏付けるかのように、棚下は「チッ」と舌打ちをした。

「でも、それなら埃っぽい倉庫の中よりも外の方がよくないですか？　電波もよく入りそうだし」

「だが、コンビニ側からサボっている生徒がいることが丸わかりだ」

　おっしゃる通りだ。

　実際、過去にフェンスを越えてコンビニに行った生徒がコンビニ側から通報されたこともあった。それを危惧した棚下は中に籠っていたんだろう。埃っぽいのだって、棚下ともなればソシャゲのために我慢するはず。

「……そうっすよ。俺は昼寝してたんじゃなくて、授業をサボってソシャゲやってました。謎が解けて満足っすか？　もう謝りましたし、帰らせて貰いますよ」

今度こそ帰ろうと、校門へ向かう棚下。その背中へ、先生はわざとらしく大きな声で独り言を発した。

「自作自演だったとはいえ、今後本当に閉じ込められる生徒が出ないとも限らない。次の職員会議で、旧倉庫の鍵を内側からも解錠可能なものへ取り替えて貰えないか頼んでみることにしよう」

棚下は足を止めて振り返り、信じられないとでも言いたげな目で先生の方を見ている。別に変な提案ではないと思うのだけれど、何をそんなに驚いているんだろう？

「どうした、永路君。帰るのではなかったのか？」

「いや、その……鍵は替えなくてもいいんじゃないっすかね？」

おずおずと意見する棚下を前にして、先生は何かを確信したようだった。

「邪という漢字は、『横』の漢字を使って『横しま』とも書ける。横柄や横暴などに使われる『横』には、邪という意味が反映されているわけだ」

「……何が言いたいんすか？」

「帰る前に、その邪な考えはここに置いていけ」

棚下はもう、動揺を全く隠しきれていない。彼は先生の言う『邪』が何を指しているか、おそらくわかっているのだ。

「その邪な考えって、一体何なんですか？」

蚊帳の外の私が問うと、先生は短く答える。「鍵だ」と。

「鍵って、旧倉庫の鍵ですよね？　それならさっき、棚下が職員室に返したって言ってたじゃないですか」

仮に嘘だとしても、職員室に戻れば一発でバレる嘘なんかついたって仕方がない。

「そりゃあ返すだろう。返さなければ紛失したという扱いになって、職員会議など通さずとも確実に鍵を取り替えることになる。そうなれば、困るのは永路君自身」

先生は、手を前へ突き出して要求する。

「けしかけてみて正解だったな。さあ、ホームセンターで作った旧、、、倉庫の合、、、鍵を出しなさい」

「うっ……」

棚下が怯んで後ずさると、腰の辺りでカチャカチャと鍵束の音がした。彼はそれを、焦りながら握り締める。

木を隠すなら森の中。棚下は旧倉庫の合鍵を、自宅の鍵などと一緒に堂々とぶら下げていたようだ。

「……俺、体操着だったんで財布持ってないんすよ？　合鍵作っても、代金払えないじゃないすか」

　この期に及んでも苦しい抵抗をする棚下。

「スマホを体育の授業に持ち込んでいたことは、知華さんから聞いている。スマホがあれば、決済方法なんていくらでもあるだろう。何なら、ホームセンターに出向いて確認するか？　うちの体操着の生徒が合鍵を作りに来ませんでしたか、と。さぞ目立っていただろうから、店員も記憶しているはずだ」

　他に反論が浮かばなかったんだろう。棚下は黙っておとなしく腰に下げていた鍵束を手渡す。先生は持っていたスペアキーと重ねて、束のうちの一本が合鍵で間違いないことを確認して回収した。

　コンビニから道路を挟んで向かい側には、ホームセンターがある。五限六限と授業に出ていなかった棚下がそこへ行って合鍵を作る時間は、十分にあっただろう。

「……何で合鍵を隠してるってわかったんすか？」

　棚下が、沈んだ声で先生に問う。

「合鍵の件を隠し通すために、キミは『サボる目的で監禁されたふりをしていた』という囮の正答を僕達に導き出させた。表面の謎が解ければ、大抵の人はそこで満足するからな」

恥ずかしながら、その大抵の人のうちの一人が私。

「キミは囮にした謎の答えを、やけに素直に受け入れた。まるで、解かせることが前提だったとでもいうように。別の目的があることを察するのは、そう難しくない。それに、降って湧いたゲーム部屋をキミが今日だけで手放すとは思えないからな」

棚下にとって、滅多に人が来ないうえにＷｉ－Ｆｉに繋がる旧倉庫は砂漠で見つけたオアシスのようなもの。好き勝手に利用したいという思いから生まれたのが合鍵を作るというアイデアであり、それこそが単位や内申点を捨ててでも隠し通したかった本当の目的だった。

「合鍵を作った後、速やかに授業に戻っていればこうして僕にバレることもなかっただろう。なぜそうしなかったのだ？」

「……野暮なこと言わないでくださいよ。快適にゲームができるとわかれば、やらずにはいられない。それがゲーマーって奴です」

何じゃそりゃ、と脱力する。かくして、棚下の監禁事件は終わりを迎えるのだった。

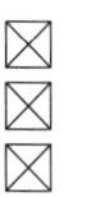

「どうだ。漢字は素晴らしいだろう」

自販機で買ったブラックコーヒーを呷り一息ついた先生は、達成感に満ちた表情で私へと視線を送ってきた。

ちなみにそのコーヒーは、競争に負けた私の奢り……となるはずだったけど、先生はさすがにそこまで鬼畜じゃなかった。負けは認めなかったけれど、代わりにレモンティーを奢ってくれたのでよしとする。

本当なら壊れたハードルを持って一刻も早く阿沖先輩の元へ戻らないといけないんだけど、これだけ遅れてしまえばどう足掻いても怒られる未来は変わらないので後回しにすることにした。

レモンティーを一口飲み、渇いた喉が潤うのを待ってから私は尋ねる。

「横って漢字、結局どれだけこじつけられたんでしたっけ？」

「こじつけではない。横の本来の意味であるかんぬきを使って、施錠されているように装う。その目的はサボッて昼寝、つまり横になりたかったから。と見せかけておいて、本当の目的は旧倉庫の横に立つコンビニのＷｉ－Ｆｉを使ってゲームをすることだった。いいサボり場所を見つけた彼は横しまな感情に支配されて、合鍵を作って自分のものにしようとしていた」

「……ものは言いようですね」

「ちなみに、かんぬきは鍵の一種だからな。そこから合鍵と結びつけることもできるぞ」

「はいはい。凄い凄い」

　彼はたしかに、今回も漢字をヒントにして謎を解いて見せた。でも、私には漢字の声なんて聞こえないし、文字の精霊なんてオカルト染みた存在もやっぱり信じられない。

　今回の事件だって、べつに『横』という漢字を使わなくても解けたはずだ。先生の思考回路が、漢字と結びつけることで解きやすくなるというヘンテコな作りをしているだけの話。

「あっ」と、私はどうでもいいことに気がつく。

「どうかしたか？」

「先生の名前ですよ。環司って、読み方を変えると『カンジ』になります。漢字好きのカンジ先生、なんちゃって」

「なるほどな。よい響きだ」

　弄ったつもりが、褒め言葉と受け取られてしまったようだ。この人は、本当に心底漢字が好きなんだな。

「知華さんは、まだ漢字の素晴らしさを理解できないかい？」

　涼しい顔で尋ねてくる先生を、私は「全くできませんね」と突っぱねる。

でも、と言葉を続けた。

「先生、言いましたよね？　人は皆、文字の奴隷だって」

私の口から今回のキーワードとなった『横』という漢字が飛び出した時、先生はたしかにそう言っていた。

「その言葉の意味だけは、何となくわかる気がします」

訪れる静寂の中で、先生は何も言わずただ私の言葉の続きを待ってくれていた。

正直、このことはあまり人に話したくない。――だけど、先生が相手なら不思議と構わないと思えた。

「私、小学生の時にいじめで不登校になったことがあるんです」

「……そうか」

「意外ですか？　こう見えて、昔は臆病でおとなしい方だったんですよ。見た目も人一倍小さいもんだから男子に馬鹿にされて、そのうち人の目が怖くなり学校へ行けなくなってしまいました」

でも、と続ける。

「悪いことだけじゃなかったんですよ？　その時、担任の先生から『人との関わりを途絶えさせてはいけない』って匿名で手紙のやり取りができる文通サイトを勧められたんです。そこで、同い年の男の子と仲良くなりました」

思い返す、当時の日々。

不登校の時期が暗く鬱々した記憶だけで埋もれていないのは、間違いなく文通相手のおかげだった。だけど——。

「でも……その文通は、ある日を境にぱったりと途絶えました。私の手紙に返事は来ず、運営からは相手は退会したと伝えられたんです。わかりますか、先生？　結局文字だけじゃ、漢字なんかじゃ相手に何も伝わらないんです」

だから私は、文字でしか繋がれないＳＮＳが苦手なんだ。

絶対に、漢字の可能性なんて認めない。認めるわけにはいかない。だって、認めてしまったら私は——。

「聞かせてくれて、ありがとう」

礼を言うと、先生は飲み干した空き缶をゴミ箱に投げ入れる。暗い話をしてしまった。先生も、きっとどんな反応を示せばいいか戸惑っているに違いない。

「まあ、それでも僕の主張は変わらないがな」

……心配した私が馬鹿だったみたい。

「先生、私の話ちゃんと聞いてました？」

「聞いていたさ。そのうえで、僕はキミに漢字の持つ可能性を認めさせてみせる」

呆れるほどの漢字好き。

人の過去なんて関係ないと突っぱねているだけかと思いきや、高い位置から注がれるその見守るような視線には、陽だまりにも似た温かさを感じる。

本当に、不思議な人だ。

「それにしても、上手い具合にオチがついたな」

彼は明るい口調で告げる。

「横一本で幸せにとは、なかなかいかないものだったろう?」

棚下は、データ通信料が足りないという『辛さ』をハードルバーという横一本で『幸せ』に変えようとしていた。

「……たしかに、そう簡単にはいきませんね」

私が笑うと、先生も頬を緩ませた。

三話 振り返りつつ歩く様

「それにしても素晴らしいですよね、漢字って」

梅雨に入り、ここ最近はぐずりっぱなしの空模様。軒先から流れ落ちる雨粒を眺めながら、私は世間話でも切り出すように漢字を褒めた。

「聞いてますか、カンジ先生？」

反応がないので、ベンチに座っている先生へ向き直る。

環司先生。読み方を変えて、カンジ先生。三度の飯より漢字好きな彼はその呼び名がとても気に入ったらしく、私もいつしか二人きりの時はそう呼ぶようになっていた。

ここ――教員用の喫煙所跡地で先生と過ごす時間も、最近では珍しくなくなっている。何となく秘密の場所っぽくて居心地がいいし、先生と話すのも嫌いじゃない。漢字の話題が多いのは玉に瑕だけど。

彼は先ほどから、広げた雑誌に忙しなくペンを走らせていた。記入ミスがあったのか、ペンを逆さに持ち替えて頭の方でぐりぐりと擦っている。

私は先生の隣に腰かけた。

「さっきから、何をしてるんですか？」

「漢字ナンクロだ」

先生は雑誌の表紙を私に見せる。要は、解答欄が全て漢字で埋まるクロスワードパズルみたい。彼の趣味のようだ。さすがは漢字大好きカンジ先生。

「無駄なことがお好きですね」

「ふん。無駄なカロリーをバクバク摂取しているキミに言われたくはないな。太るぞ」

「なっ！」

たしかに私の片手には、購買で買った食べかけの極甘カリカリメロンパンが握られているけれど、これは部活前に必要なエネルギーを取り入れているだけだ。

「太りません！　私はこの後たくさん運動するんで、このメロンパンも無駄じゃないです。運動不足のおじさんと一緒にしないでくださいっ！」

「この雑誌とて無駄ではない。パズルを解いてハガキを送れば、抽選で豪華な景品が貰えるのだ」

「へー。今まで、何か当たったことがあるんですか？」

「…………」

してはいけない質問だったらしい。へそを曲げた先生は、視線を再び雑誌へと戻してしまう。これはまずい。

「わっ、わー。素敵な漢字にたくさん出会えそー。私もやってみたーい」

「今更下手に取り繕うな。先ほどから不躾に漢字を褒めて、何のつもりだ？」

先生は足を組み替えて、イライラ交じりの声色で問う。どうにも、遠回しなやり方は逆効果になりそうだ。私は立ち上がると彼の前へと進み、モジモジしながら口を開く。

「先生って、何でもかんでも漢字とこじつけて答えを出すのが得意じゃないですか」

「言い方が気に食わんが、まあいい。それで？」

「そのやり方って……恋愛相談なんかにも応用できたりします？」

私が藪から棒に漢字を褒めていたのは、そういうわけ。ここで先生は、ようやく雑誌を閉じてくれた。

「キミも年相応の女の子ということか」

「へっ？　いや、私の恋愛相談じゃないですからねっ⁉　今は部活で手一杯で、恋愛とかそういうのはまだよくわからないというか何というか」

慌てふためく私を見て、先生は「だろうな」と鼻で笑った。何この人、凄いムカつくんですけど。

でも、ここで怒っては協力を得られなくなってしまう。

「私の友達の恋愛相談なんですが」

「そこまで強調しなくてもわかっている」

「〜ッ！　とにかく、私も困り果ててるんです！　黙って聞いてください！」

ということで、私は半ば強引に話を始めた。

☒☒☒

私の所属している陸上部の同じ学年の男子に、双子の兄弟がいる。

兄の矢間本竜真と、弟の矢間本虎鉄。この二人は、兄弟揃って一人の女子部員に恋をしているという噂があった。

その子の名前は、糸羽純。一年生で、高校入学を機に遠方から引っ越してきたそうだ。

記録を伸ばそうとピリピリする人の多い陸上部の中で、のんびりとしている珍しいタイプ。選択種目は、五千メートルの長距離走。マイペースで走り続けるあの子には向いていると思う。

ベリーショートの黒髪からボーイッシュな印象を受けるけど、話してみるとそこらの女子よりもずっと女の子らしい。あと、なぜかとてもよく転ぶ。そういったギャップも相俟ってか、好意を寄せている相手は矢間本兄弟だけではないという噂だ。

恋の三角関係。しかもそのうち二人は双子の兄弟。まるでドラマのようだと、陸上部の女子達はハラハラドキドキ。キャーキャー言いながら見守ることで、部活ばかりで乾いてしまいそうな乙女心を潤していた。

「たしか、二卵性であまり似ていない双子だったな」と、先生は矢間本兄弟のことを知っている様子。二年生の現国を担当しているんだから、知っていて当たり前か。

「……それで、何が問題なのだ？」

「問題なのは、ここからです」

私は頭を抱えて続ける。

「竜真君と虎鉄君の両方が、純との仲を取り持ってくれと私に頼んできたんですよ！」

いわゆる、ダブルブッキング。眺めるだけでよかった三角関係の特等席に座らされるなんて、思ってもみなかった。

「キミはその糸羽純さんと特別仲がいいのか？」

「二年生の中では一番だと自負しています。私、昔から後輩に好かれやすいんですよね」

「先輩に見えないからではないか？」

それは言ってはいけない一言だ。私の形相に、先生は誤魔化すように咳払いを挟むと話を先に進める。

「兄弟どちらの願いも了承したのはなぜだ？」

「仕方ないじゃないですか。先に兄の竜真君に頼まれてＯＫした後で、すぐに虎鉄君からも頼まれたんです。断るには理由が必要ですけど、兄である竜真君の気持ちをバラすわけにもいかず……」

「ついつい引き受けてしまったと？」

こくりと頷く私を見て、先生は「とんだ八方美人だな」と零した。

「そういうわけなんです。先生、漢字の力とやらで助けてください！」

「無茶を言うな。漢字は魔法ではないのだぞ」

「だったらせめて、アドバイスの一つくらいくださいよ！」

「素直にキミが応援したい方を手助けすればいいだろう」

「どっちもいい奴なんです！」

「なら、不利だと思う方に力添えしてやればいい」

その助言に、私はやや言葉に詰まりながら答えた。

「……正直、分があるのは弟の虎鉄君の方だと思います」

「理由は？」

「こう言うのも何なんですが、弟の方があらゆる面で優れているんですよ。二人共走り幅跳びをやってるんですが、記録は虎鉄君の方が上です。それだけじゃなくて成績も、身長も、体力も、あと見た目も。茶髪でチャラく見えるのが個人的には難点ですけど、女子からは人気がありますよ」

兄よりも勝る弟。兄といっても双子なのだから、どちらが先か後かという点にほぼ差はない。それでも、兄という看板を背負っている以上、竜真君は少なからず複雑な気持ちを抱えていると思う。

「でも、兄の竜真君だって全然駄目なわけじゃないんですよ？　縁の下の力持ちっていうんですかね。部活中もウエストポーチに消毒液とか絆創膏とか持ち歩いてて、部員がケガしたら真っ先に駆けつけてくれます。喧嘩が始まればすぐさま仲裁に入るし、陸上部が平和なのは間違いなく彼のおかげ。次期部長候補にも名前が挙がってますし、部員からの信頼は竜真君の方が厚いです」

「二人共、それぞれの良さがあると。結構なことだ」

「だからこそ、片方の味方になれず困っているんですっ！　それに——」

続く言葉を口にするのを躊躇った結果、沈黙が訪れてしまった。先生は不思議そうに「それに、何だ？」と続きを促してくる。

背を押される形で、私はその先をぽつぽつと零した。

「……どちらが成功しても、両方失敗したとしても、私は今の部活の雰囲気が壊れるのが嫌なんです。竜真君が成功すれば虎鉄君が悲しんで、虎鉄君が成功すれば竜真君が涙を呑んで、両方フラれたなら気まずさだけが残る。どう転んでも、これまで通りにはいかなくなります」

「告白とは、そういう未来を覚悟したうえで行われるものだ」

わかってる。わかってるから、私だって言い淀んだんだ。

「まあ、恋愛経験ゼロのキミにできることなど限られている。全ては純さん次第だ」

私の荷を軽くするようにそう告げると、先生は再び漢字ナンクロの世界へと旅立った。

☒☒☒

雨天のため、今日の部活は筋トレがメインだった。外で走れないのは不完全燃焼というか、物足りなくて足がむずむずする。

帰ろうと鞄に入れていた青と白の水玉模様の折りたたみ傘を取り出し開こうとすると、軸が引っこ抜けて柄と傘が分離してしまった。柄を失った傘が、足元で虚しく広がっている。

本降りではないけれど、傘なしで帰れば間違いなくずぶ濡れになるだろう。どうしようと頭を抱えていると、後ろから「ぎゃはは！」という大きな笑い声が聞こえてきた。

「何やってんだよ寿々木。面白すぎだろ！」

　同じく部活帰りの虎鉄君が、愉快な壊れ方をした私の傘を見て腹を抱えて笑っている。

　その横にいる竜真君はというと、とても不憫そうな目をこちらに向けていた。それはそれで、やめてほしい。

　気を遣えないうえにうちの高校には珍しい茶髪だし、虎鉄君の印象は結構チャラい。反して、竜真君は短い黒髪にきっちりと閉じられた制服のボタンなど、真面目な雰囲気を纏っている。顔も雰囲気も似ておらず、知らない人に彼らが双子だと言っても、鵜呑みにする人は少ないだろう。

「寿々木。よかったら、これ使えよ」

　竜真君が、手に持っていたビニール傘を私に差し出す。

「いや、受け取れないよ！　竜真君が濡れちゃうじゃん」

「俺は虎鉄の傘に入って一緒に帰るから、心配するな。それと、べつに恩に着せたいわけじゃないんだが」

　竜真君はやや渋った後、小さな声でつけ加えた。

「例の件、引き続きよろしく頼む」

　例の件とは、純との仲を取り持つキューピッド役のこと。

　すぐそこに全く同じ依頼をしてきた弟がいるという状況に、私の心臓はうるさいくらい高鳴った。

「そういうわけだ、虎鉄。俺を傘に入れてくれ」

「はぁ!?　兄貴と相合傘なんざ、ごめんだね！」

「仕方ないだろう。寿々木が風邪を引いたらどうする！」

ギャアギャアとしばらく揉めていたけれど、虎鉄君は最終的に「しゃーねーな」と傘の中に兄を入れてやっている。

何だかんだ、仲のいい兄弟なんだよね。

「ありがとう、竜真君。虎鉄君も」

「困った時はお互い様だ。あ、その傘だけど、変な文字が書いてあるが気にするな」

言われて、貸して貰った傘の白い持ち手に目をやる。

すると、傘立てに挿した時に最も上になる位置に『呪』という漢字が一文字だけ書かれていた。

「ひえっ！」と、私は思わず傘を放り投げる。

その反応を見て、虎鉄君がまた「ぎゃはは！」と笑った。竜真君はビニール傘を拾い私に手渡すと、申し訳なさそうな顔で説明する。

「すまん寿々木。それはネットで見つけた防犯対策なんだ」

「防犯対策？」

「ああ。ビニール傘って、よく盗まれるだろ？　でも、持ち手にそんな字が書いてあったら取りたくなくなる」

　たしかに。つまりは、盗人への牽制。盗人もこんな不気味な傘ではなく、別の傘を盗んでいくことだろう。

　意外な漢字の使い道。カンジ先生に教えてあげたら、喜ぶかもしれない。

「そういうわけだから、気にするな」

「うん。ありがとう」

　私の礼を満足そうに受け取ると、矢間本兄弟は一本の傘で雨空の下へと出て行く。

　去り際に振り返った虎鉄君が、口を『よろしく』の形に動かしてパチリとウインクした。

　これもまた、キューピッドの件だろう。低気圧とか関係なく、頭が痛くなる。

「狭いぞ兄貴。もっとあっち行けって」

「押すな虎鉄。肩が濡れるだろ」

　口喧嘩を繰り広げながら遠ざかる二人の背中を見送っていると、何だか胸が苦しくなってきた。

「純の答え次第で、あの二人の関係も壊れちゃうのかな……」

「呼びましたか、知華先輩？」

背後からひょいと現れた後輩に、私は驚きのあまり転びそうになる。

「じっ、純!?　びっくりしたぁ」

「はい。今日も部活、お疲れさまでした」

元気よく下げた頭を上げると、ベリーショートの黒髪がふわりと揺れた。

張本人の予期せぬ登場に、私の心臓はしばらく鎮まりそうもない。が、彼女のけろっとしている様子を見る限り、特に何も察してはいないようだった。

変にそわそわする方が怪しまれてしまう。私が平然を装いビニール傘を広げたところで、あることに気づいた。

「純。傘はどうしたの？」

「傘立てにビニール傘を挿してたんですけど、誰かが間違えて持って行っちゃったみたいでして」

盗まれたと断言しないところが、何とも彼女らしい。

「よかったら、一緒に入っていく？　借りものだし、呪われてるけど」

持ち手の『呪』を見せると、彼女は「レアですね！」とよくわからない感想を披露して、恐れることなく傘の下に入ってきた。

「それでですね、今週号の展開がまた熱かったんですよ！　四天王的な存在も登場しましたし、絶対アニメ化すると思います！」

帰路を歩みながら純が熱く語っているのは、少年漫画の話。

超能力で戦うバトル漫画や、男の意地と意地がぶつかるスポーツ漫画が大好物とのこと。親が転勤ばかりなので、どこに行っても毎週変わらず続きを読める漫画雑誌が彼女の心の支えとなっていたそうだ。

「知華先輩も読んでくださいよ！　全巻貸しますし、絶対ハマりますからっ！」

「私は少女漫画派だからなぁ」

「読まず嫌いは駄目ですよ」

「じゃあ、純もムキうさグッズ見に行かない？　二駅先の百貨店の中に、品揃えのいい店が入ってるの！」

互いに好きなものを押し付け合った結果、誘いは相殺される。

いいんだ。どうせムキうさは不人気だもん。

軽く凹みながら、私達は並んで濡れた路面を進んでいく。外を走れないのは困るけど、今日みたいに風のない日の穏やかな雨は嫌いじゃない。

わざわざ雨の日を選んで散歩へ出かけることだってある。だから、今日の下校も水溜りさえ踏んづけなければ、私にとってとても楽しいものだ。

　しかも、隣には私のことを慕ってくれる可愛い後輩までいる。並ぶと周囲からは背の低い私の方が後輩と思われそうなのだけは、ちょっと気になるけれど。

「この傘、誰から借りたんですか？」

　透明なビニールに弾かれる雨粒を見上げながら、純が尋ねてくる。

「竜真君だよ」

「世話焼きですよね、竜真先輩。私よく転ぶので、絆創膏を結構な数貰っちゃってます。ちゃんとお返ししないとですね」

「ちなみに、何枚くらい？」

「十枚くらいです」

　一年生の彼女が陸上部に入って、まだ二か月ほど。それはさすがに転びすぎでは？と思わず笑いそうになる。

　それはそうと、これは図らずも竜真君の株を上げてしまったかもしれない。

　私はどちらか一方を応援したいわけじゃないから、何だか虎鉄君に申し訳ない気持ちになってしまう。何とか虎鉄君の話題にできないだろうかと考えていると、

「竜真先輩って、誰にでも優しいですよね」

　そう純が呟いた。これは寧ろ竜真君には不利に働いているかもしれない。女の子は、

誰にでも優しい人よりも自分にだけ特別優しい男の子にときめくものだ。……って、少女漫画の受け売りだけど。

感性は人それぞれだから、純がどういう人を好きになるかなんて私にはわからない。でも、一応キューピッド役を頼まれているわけだし……訊いてみちゃおうかな。

「純ってさ、好きな人とかいる？」

「えー、いきなりですね。いませんよー」

「でも、ちょっといいかもって思える人くらいいるんじゃないの？　例えばほら、陸上部の中でとかさ」

さすがに矢間本兄弟の名前を出すのは不自然なので、範囲を陸上部内にしておいた。

純は「うーん」と人差し指をこめかみに当てて考えていたけれど、最終的には「やっぱり、いませんね。ごめんなさい」と可愛らしくはにかんだ。

「ううん。いきなり変なこと訊いてごめんね。恋愛とかってまだよくわかんないよね。今は部活で精一杯っていうかさ」

「えっとですね。そうじゃなくて」

純はやや口籠りながら、少し申し訳なさそうに言葉を零す。

「まだ、昔愛していた人のことが忘れられないんです」

可愛い後輩は、私が思うよりずっと大人だった。

というか、私より遥か上の世界の住民じゃないか。数秒前の『今は部活で精一杯』なんて言い訳を思い出して、私の顔はリンゴも嫉妬するほど真っ赤っか。

「あー、そっちね？　わかるわかる」

全然わかりません。ごめんなさい。でも、先輩としての威厳は保ちたい！　私は早口で相槌を打った。

思えば、純は高校の入学を機に遠くからこの街にやって来た。だから、それまでの彼女を私は知らないし、知る人も周りにいない。

『好きだった人』ではなく『愛していた人』なんて言うほどだ。きっと、本気の恋愛だったんだろう。

「……どんな人だったの？」

「内緒です」

純は、瞳に涙を浮かべて「多分、先輩にはわかって貰えませんから」と横を向いた。

知ったかぶり発言は見透かされていたみたいで、胸に刺さる返しの言葉を貰ってしまった。

意外と毒舌なのね。そりゃあ、恋愛経験の少ない私には理解できないかもしれないけどさ。

悪気があったわけではないのか、彼女は指先で涙を拭うと何事もなかったかのように自然な笑みを携えて「そういう先輩は、気になる人とかいないんですか？」と尋ねてきた。

自分が話を振った以上、その返しが来ることは想定していた。何食わぬ顔で「いないよ、そんな人」と返せば、それで終わり。そのはずなのに、なぜかどこかの漢字オタクが私の脳裏からひょっこりと顔を覗かせてくる。

「ちっ、違うからっ！」

そんなんじゃない。たしかに見てくれは整ってるけど、中身は辞典と結婚しそうなレベルの漢字馬鹿。最近二人きりでよく話をするのだって、成り行きでそうなっただけだし。

「違うって、何がですか？　あー、誰か気になる人がいるんですね！」

墓穴を掘った結果、純が目を輝かせる。そこから先は、誤魔化すのに苦労した。

⊠⊠⊠

尾利高校の学食は、メニューが豊富で味も美味しい。それでいてお値段は財布に優しいので、昼休みは大賑わいになる。

当然座席は争奪戦になるわけで、四限目終了のチャイムが鳴れば生徒は脱兎のごとく食堂になだれ込む。勝った者だけが、座りながらゆっくりと昼食を食べることができるのだ。

私の昼ご飯は、基本的にお母さんの手作り弁当。物足りなければ、購買でパンを買ったりもする。

お弁当のおかずは前日の夕食の余りものが入っている確率が高いので、たまには食堂のご飯を食べたいという日もある。

そんな時は、明日香と事前に日にちを決めてお弁当を持って行かないことにしていた。

四限目が食堂に近い移動教室の日はほぼ間違いなく座れるので、そういうタイミングを選ぶようにしている。

今日の四限目は美術で、まさにその日だった。というわけで、今日のお昼は食堂で明日香とランチ。

「久々だねー」

長いテーブルに向かい合う形で座り、料理の載ったトレーを置く。私が頼んだのはカツカレーの大盛りで、明日香が頼んだのは食堂で一番安い素うどん。

「たまの食堂なんだから、もっといいもの頼めばよかったのに」

「アタシはこれでいいの。スイーツならまだしも、昼ご飯なんて胃に入れば全部同じなんだから。浮いたお金を貯金するの」

今の台詞、食堂のおばちゃん達が聞いたら怒るだろうなぁ。

小学生時代からの親友である紗東明日香は、自他共に認める守銭奴。裕福ではないが貧乏でもないごく普通の家庭に生まれ育ったのに、なぜこうもお金にシビアなのかはよくわからない。

まあ、浪費癖があるよりはいいことだと思うし、いざという時にお金がありすぎて困るなんてことはまずない。

それに、私の誕生日にはお金をケチらず結構いいものをプレゼントしてくれたりするいい子でもある。

「聞いてよ知華。昨日自販機の釣り銭口漁ったら、なんと百円見つけたの！」

でも、こういうところはさすがに直した方がいい。

「子どもならまだしも、女子高生が釣り銭漁りなんて……。程度は弁(わきま)えなよ、明日香」

「カツカレーの大盛りを頼んでる女子高生に言われたくないんですけど。太るよ」

「先生と同じこと言わないでよっ！」

反射的に出た今の発言は、迂闊だった。

「先生？　先生って、何先生？」

それをしっかりと拾い上げる明日香。

割り箸で掬い上げたうどんを汁の中に戻して、こちらに身を乗り出してくる。

「女子に太るなんて無粋なことを言うとしたら、体育の樹杤？　いや、数学の武海も何か言いそうかも。まあ、現国の環様だけはあり得ないけどね」

明日香もまた、カンジ先生の虜になっている信者の一人。そして、顔に出やすい私の反応を付き合いの長い彼女は見逃さない。

「えっ……嘘。環様なの!?　先生って、そんなこと言う人だったんだぁ」

うーん……幻滅させてしまったかな。

「隠れドSなイケメン教師かぁ。ぐへへへへ」

どうやら、プラスに働いたみたいだ。

「羨ましいから、カツ一つもーらいっ！」

「あっ！　返せ私のカロリー！」

皿の上から奪われたカツを取り返そうと席から立ち上がったところで、

「きゃああっ！」

――唐突に、女子の悲鳴が食堂内を駆け抜けた。

甲高い声を発した女子は、窓際で一番端のテーブルに座っている。そこには、早くも人だかりができかけていた。

皆、野次馬根性逞しい。そしてもちろん、私達も例に漏れないわけで。

「何だろう。料理に虫でも入ってたのかな？」

「さぁ？　行ってみようか」

提案しつつ、騒ぎに乗じてカツを口の中に放り込む明日香。絶対に後でうどんを一口貰おうと心に誓い、私はスプーンを置いた。

二人で現場へ向かうも、人が多くて何が起きたのか全然見えない。私達よりも前方に見知った男子がいたので、訊いてみる。

「棚下、何があったの？」

振り返ったのは、旧倉庫をゲーム部屋にしようと企んでいたソシャゲ依存症のクラスメイトである棚下永路。

目の下には相変わらず隈があるけれど、前よりは薄くなった気がする。出席日数も増えたし、先生のお説教が少しは効いてるみたいだ。

彼は眠たげな声で「テーブルが呪われてたんだってよ」とだけ言って去っていった。

私は明日香と顔を見合わせて、まるで鏡写しのように揃って首を傾げる。

「呪われたテーブル？　ホラー映画でありそうかも」

「あってもB級だろうね」

棚下の冗談を疑ったけれど、前の方にいた人達が興味を失って離れていくと、彼の言葉の意味がようやく理解できた。

「……たしかにこれは、呪われたテーブルだね」

現場である窓際の角の席のテーブル側面に、マジックで小さく書かれた『呪』という漢字。たしかにこれは、呪われたテーブルとしか言いようがない。

悲鳴を上げたと思われる女子も、こんな落書き一つで大騒ぎしてしまったことを恥ずかしがっている様子。

大したことじゃなかったなら、それに越したことはない。だけど――。

「知華。これってさぁ」

明日香に言われなくても、わかっている。これはこの前竜真君がビニール傘に施していた盗難対策と似ている。

面白かったので、私は明日香にその話をしていた。

でも、ここでその話をすると、まるで竜真君が犯人であるかのように思われかねない。私は明日香の口を手で塞ぐと、そのまま自分達の席まで引きずっていった。

座り直した後、声を潜めて話す。

「あの『呪』って、知華から聞いた竜真君の傘の盗難防止対策と一緒じゃない？」

「そうだけど、犯人は絶対竜真君じゃないよ」

「誰も犯人だなんて言ってないでしょ。でも、何で食堂のテーブルを呪うわけ？　わざわざあんなものを盗む人なんていないと思うけど」

テーブルは結構年季も入っているし、運ぶのに苦労しそうなくらいには重たい。高値で売れるものでもないだろうし、盗んでも得はしないと思う。だけど、

「目的は盗むことじゃなくて、その席に座ろうとする人を減らすためなんじゃない？」

あの傘の『呪』という文字は、その漢字が持つ不気味なイメージで人を遠ざけるからこそ盗難防止に繋がっている。

呪われたテーブルは、窓際の角席という人気のある位置。そして、食堂の席は昼休みの度に争奪戦になる。

「あの角のテーブル席は呪われてるという噂が広まれば、犯人がその座席を確保できる可能性はちょっとだけ上がるんじゃないかな」

「なるほど。でも、これだけ騒ぎになったら意味ないね」

明日香は行儀悪く箸で事件現場の方を指す。

件の席には、食堂のおばちゃんが呆れ顔で立っていた。片手には、マヨネーズ。

「何でマヨネーズ？」

「油性ペンのインクって、マヨネーズで落ちるんだって。前にテレビで観たことある」

「へー」

そうして、どこかの誰かが刻みつけた呪いは、ごくありふれた調味料によって祓われたのだった。

⊠⊠⊠

「ねぇ」

その人に声をかけられたのは、業間休みのこと。明日香がトイレへ行ってすぐのことだった。

次の授業で使うノートを捜していた私が顔を上げると、佐咲さんが長い睫毛の生え揃った瞳でこちらを見下ろしている。

やっぱり、美人だなって思った。近くで見ると、より一層実感する。剝きたての卵のような瑞々しい肌に、艶のある長い黒髪。目鼻口の造形なんて、まるで名のある彫刻家が丁重に彫り出したかのようだ。

「ねぇ」

見惚れている私が反応を示さないので、彼女はもう一度声をかけてくる。

弾かれるように「あ、ごめん。何？」と答えると、彼女は白木の枝のような指先で机の横にかけている私の通学鞄を指さした。正確には、鞄につけている私の好きな『ムキうさ』のキーホルダーを。

「それって、どこに売ってるの？」

「えっと、二駅先にある百貨店だけど……」

もしかして、ムキうさに興味を持ってくれてる？　誰に勧めても苦笑いしか返ってこない不遇なこのキャラクターに、関心を示してくれてる！　しかも、あの佐咲さんが！

彼女がムキうさグッズを身に着ければ、それはもうトレンドアイテムになったようなものだ。

美人なら何を持たせたって流行グッズになるんだから、彼女を上手くムキうさ派に取り込めれば校内でムキうさブームを巻き起こせるかもしれない。これはまたとない大チャンスだ！

なのに、

「よかったら、覗いてみてね」

私は、いつものように強く勧誘できない。それは彼女が憧れの存在だからということもあるけれど、根本的な原因は別にある。

私にとって、佐咲さんは遠目で眺めるくらいがちょうどいい。はっきり言ってしまえば――人としては、苦手なのだ。

「ありがとう」

礼を述べると、彼女は自分の席に戻って文庫本を開く。その姿はとても絵になっていて、眺めるだけが自分には合っていると改めて思えた。

☒☒☒

翌日の放課後。私は人目につかない静かな場所で一人、その人が来るのを待っていた。

片手で弄んでいる便箋は、今朝私の下足入れに入っていたもの。中には、今日の放課後ここへ来て欲しいと綺麗な字で書かれていた。

シトシトと降り注ぐ優しい雨を眺めているうちに、コツコツとこちらに近づいてくる足音が聞こえる。私が振り返るのとほぼ同時に、裏口のドアが開いて手紙の主が顔を覗かせた。

「すまない。待たせたようだな」

「もう。遅いですよ、カンジ先生」

私は手紙をひらひらと振りながら、待ち人である先生を咎めた。場所も、いつもの寂れた喫煙所跡地。

「下足入れに手紙を入れる方法で呼び出すのはやめてくれませんか？」

「なぜだ？」

そんなの、ラブレターと勘違いするからに決まってる。梅雨の手前に最初の一通目を貰った時のドキドキは、口から飛び出した心臓を拝んでしまいそうなほどだった。

それから今日まで五通ほど貰っているけれど、下足入れの中に手紙がある度に、先生だとわかっていても動揺してしまう。

「なぜって……わかるでしょ」

「わからんな。教師と生徒間のスマホでの連絡先の交換は、部活の顧問と部長など必要な場合を除いて禁止されている。下足入れならキミしか開ける者はいないし、校内の専用ポストと言っても過言ではない」

「そんなことを言ってるんじゃありません！」

まさか、『下足入れに手紙＝ラブレター』というお決まりの文化を、本当に知らないんだろうか。

でも、先生のことだ。学生時代から漢字のことしか頭になく、そういったことには縁のない学生時代を送ってきたのかもしれない。

「そうカリカリするな。さて」

先生は、本題へ移る。

「何やら、妙な事件が起きているそうだな」

今日呼び出された用件はそれだ。揃ってベンチに座り、私は食堂で遭遇した『呪』の事件のことをなるべく細かく先生に話して聞かせる。

語り終えると、先生は「他の事件と似ているな」と顎の辺りを擦った。

そう。学校の備品に『呪』という漢字が刻まれる事件は、ここ数日でさらに三件も起きている。

被害は、体育倉庫の新しいバスケットボール、三階女子トイレの一番奥の洋式便器、男子更衣室の一番隅っこのロッカーの三つ。ここまで多いと、まだ発見されていないものもありそうだ。

「この『呪』が書かれたものは、全部生徒が優先的に使いたがるものです」

「キミが教えてくれた呪いの傘と同じ要領で人を遠ざけて、自分が使える確率を上げるための悪戯というわけか」

先生の結論も、私と同じみたいだった。

「落書きされた場所が男子更衣室や女子トイレなので、犯人は一人じゃないでしょうね」

ちなみに『呪』という文字の使い道は、私の話を聞いた明日香がＳＮＳに投稿したらしい。それが数日でどのくらい広まったのかは想像できないけれど、真似する生徒が複数人現れるくらいには知れ渡っているみたいだった。

「やりましたね、先生」

私はニヤリとして「漢字ブームの到来ですよ」と言う。

「あまり嬉しいものではないな」

やっぱり使い道が引っかかるようで、先生は溜息と共に心中を吐露した。

「でも、意外でした」

「何がだ？」

「私、てっきり先生は怒ってるんじゃないかと思ってました。『呪』って、見た人を怖がらせるような強い意味を持つ漢字じゃないですか。だからそういう漢字を私利私欲のために気安く扱うなんて許せない！　ってなると思ったんです」

漢字を愛するカンジ先生は、漢字を冒瀆するような使い方を許さないイメージがあった。誰だって、好きなものを雑に扱われたら怒る。

でも、彼は怒りを見せない。それにはきちんと理由があったようだ。

「まあ、『呪』のこの使い方が間違っているわけではないからな」

「え？」

「呪いは、呪(まじな)いとも読める」

おまじない。そう聞くと、恐ろしいと思っていた漢字が急に可愛らしく思えてきた。

「盗難防止に『呪』と書くのも、優先的に使いたいものに『呪』と記すのも、いわば自分にとってよい方向に物事を運ばせるためのおまじないだ。そう考えれば、これは正しい使い方とも受け取れる」

まあ、書いた人だってこれで百パーセント思い通りになるなんて絶対に思っていないだろうし、願かけ程度の気持ちでやったというのは十分納得できた。

「でも、どうするんですか？　このままだと、今後も落書きの被害は出てくると思いますけど」

このおまじないを広めてしまった原因の一端は自分にあるので、責任を感じてしまう。だけど、先生は「それなら心配ない」と僅かに口角を上げた。

「知華さん。キミはもう『呪』と書かれたものを見ても怖くないだろう？」

「えっと……そうですね」

「それはキミがこの『呪』が恐ろしい意味ではないと知っているからだ。度重なる落書き事件のおかげで、このおまじないはさらに多くの生徒に知れ渡る」

「ああ、そっか！」

私は手のひらをポンと叩く。「このおまじないは、意味を知っている人にはもう効果がないんだ」

何気ないものに書かれた『呪』の文字が怖いのは、それが刻まれるに至った背景を知らないから。

防犯のためなどと理由がわかっていれば、恐ろしいこの漢字は一気に効力を失って単なる落書きに成り果てる。

先生の言う通り、今やこの文字の意味は学校中に広まっている。無意味と化したおまじないは、放っておいてもじきに廃れるだろう。竜真君のビニール傘も、そのうち盗まれてしまうかもしれない。

「じゃあ私、部活に行きますね」

おかげさまで胸のつかえも取れたので、私はベンチから立ち上がってスカートを叩くと鞄を手に取る。

「そういえば、陸上部内の三角関係に進展はあったのか？」

後ろから飛んできた疑問に、私はニヤつきながら振り返った。

「カンジ先生も、色恋沙汰は気になっちゃうタイプですか？」

「キミが悩んでいたから、心配してやっているのだろう」

「それはどうも。特に進展はありません。けど、兄弟のどちらが告白しても成功する確率は低そうです」

「なぜそう思う？」

「純は、まだ昔愛した人のことが忘れられないみたいなんです」

雨の日の帰り道で聞いた、恋愛に関する彼女の心中。

照れ隠しであんな嘘をつくとも思えないし、真実ならば少なくとも今はまだ矢間本兄弟だけでなく、誰も踏み込める余地はなさそうだった。

「愛した人？『好きだった人』や『付き合ってた人』ではなく、彼女はそう表現したのか？」

「はい。悪口を言うつもりはないんですけど、正直大袈裟な言い方だなって思っちゃいました。だって、高校生で『愛』なんて重みのある言葉を持ち出すのは早くないですか？」

「そんなことはない。キミが子どもなだけだろう」

「酷いっ！」

「純さんがその言葉を選んで使ったのは、彼女自身が過去の恋愛をその文字で表現したかったからだ」

先生は、ポケットから手帳とペンを取り出す。手帳の表紙には、金色で大きく『勇気』と書かれていた。壊滅的なセンスに、私は愕然とする。

「……何ですか、それ」

「かっこいい手帳だろう？　お気に入りなのだ」

どうやら先生の目には、漢字さえあしらわれていれば何でも素敵に映ってしまうらしい。お気に入りらしいので、正直にダサいと言うのはやめておいた。

彼はそんな手帳の白紙のページを開き、そこへ『愛しい』と書き込む。

「知華さん。この読み方がわかるか？」

「馬鹿にしないでください。『いとしい』です」

「正解。だが、実はこれで『かなしい』とも読むことができる」

隣に『哀しい』という文字が追加された。

「へー。でも、何でそんな読み方をするんですか？　愛って、幸せの象徴みたいな漢字なのに」

「『愛』と『哀』は、双方共に『アイ』と読む。この二つの漢字は、どちらも胸が詰まる思いであることから同系統の漢字とされているのだ。愛とは哀であり、哀もまた愛である。誰かを愛するのならば、同時に哀しむことも覚悟しなければならない」

「あの子、入学を機に引っ越してきたから昔の事情を知ってる人がいないんです。……何があったんでしょうか？」

「さあな。引っ越しのタイミングで遠距離恋愛が無理となり、彼氏にフラれたという辺りが最もあり得そうだが」

私も無難な考えだと思う。だけど、遠距離程度の理由で恋人関係を打ち切った相手に、愛した人なんて言い回しを使うかな？

あの日、雨音に促されるようにして語ってくれた彼女の言葉には、もっと深い何かがあったような気がしてならない。

忘れられない、愛しい人。別れても尚、心の底から愛している。それが成立する別れ方なんて、大きな力によって強制的に引き裂かれたくらいしか思いつかない。

例えばそう――死別。脳裏を過る嫌な想像を振り払うように、私は自分の頬をパチンと叩く。

「どうかしたか？」

「いっ、いえ！　何でもないです！　じゃあ私、今度こそ部活に行きますので！」

一方的に別れを告げた私は、裏口のドアから校舎内に入って廊下を足早に進む。考えすぎに決まってると自分に言い聞かせても、一度思いついた考えはシミのように残り、なかなか気持ちは晴れなかった。

☒☒☒

七月に入り期末テストという名の地獄を乗り切ると、ほどなくして梅雨明けが宣言された。いよいよ、夏の到来だ。

陸上部には過酷な季節。日焼け対策を怠れば、あっという間に小麦色だろう。まあ、どのみち日焼け止めが汗で落ちるから焼けちゃうんだけどね。

「あいたっ！」

スタートダッシュの調整をしている私の耳に、痛みを訴える声が入ってきた。視線をやると、トラックのカーブの辺りで女の子が倒れている。純だ。

「大丈夫？」

駆け寄って声をかけると、彼女は「またやっちゃいました」と恥ずかしそうに頭を掻いた。左肘の辺りに血が滲んでいて、とても痛そうだ。

「糸羽、また転んだのか」

そこへやってきたのが、竜真君。彼は慣れた様子で、ウエストポーチから絆創膏と消毒液を取り出し治療に当たる。

「すみません先輩。いつもご迷惑をおかけして」

「気にするな。少ししみるぞ」

これは下心のある親切……というわけでもないのだろう。男子だろうが女子だろうが、先輩だろうが後輩だろうが、彼は同じことをする。

でも、好きな子の腕に触れてやや照れている辺り、ちょっとくらいは役得だと思ったりしているのかもしれないな。

「よし、これでいい」

仕上げに絆創膏を貼ると、竜真君は満足そうに立ち上がった。

「糸羽、コールドスプレーは持っているか？」

「すみません。持ってないです」

ここですっかり蚊帳の外だった私が「持ってるよ」と手を挙げる。

「なら、部活終わりにでも貸してやってくれ。念のため冷やしておいた方がよさそうだ」

「うん。了解」

ケガをしたところを擦りながら「ありがとうございます」と礼を言う純に「ああ」とだけ答えると、竜真君は駆け足で自分の練習へ戻っていく。

そんなやり取りを虎鉄君が遠目に見つめていたのを、私は見逃さなかった。

⊠⊠⊠

事件が起きたのは、その日の部活後のことだった。

更衣室で着替えを終えて外へ出る。日が長くなったおかげで、午後六時を回っても外はまだまだ明るかった。

何か食べて帰ろうなんて純と話している時、

「それ、どうしたの!?」

私は、その存在に気づいた。未だ記憶に新しい『呪』の漢字の存在に。

それは、純の左肘の絆創膏の中央に黒いインクで書かれていた。彼女は自分では見辛い肘という場所に刻まれた文字を何とか腕をひねって確認すると、表情を強張らせる。

それはそうだ。だって、竜真君が貼ってくれた時、この絆創膏には何も書かれていなかった。あの段階で書かれていたなら、絶対に気づいたはずだ。

なのに、今この絆創膏には何者かが書いた『呪』が刻まれている。

誰かがこっそり純に近づいて、絆創膏に落書きをしたってことだろうか。でも、純に気づかれずにそんなことができるわけもない。

状況が不自然すぎる。そして、そんな不気味な出現の仕方をされたとなれば、見慣れたはずのこの『呪』という漢字は一気に恐ろしさを取り戻す。

純は「気持ち悪いっ!」と絆創膏を剝がすと、地面に叩きつけた。恐怖からか、肩はガタガタと震えている。

「おーい、糸羽!　さっきのケガ大丈夫か?　兄貴に頼まれて、替えの絆創膏持ってきたぞ!」

　そこにタイミングよく現れたのが、虎鉄君。

　こちらのただならない様子を察した彼は、顔つきを変えて一気に距離を詰めてくる。

「どうした糸羽！　おい寿々木、何があった⁉」

「あ、えっと、絆創膏に……」

「絆創膏？　……これか」

　虎鉄君の目が、地面に落ちている絆創膏の『呪』を捉えた。尾利高校内において、現在その漢字一文字が示す意味は本来の意味と異なっている。

　呪いという名の、おまじない。その一文字は盗難防止もしくは自分が優先的に使いたいものに記される。

　つまり、誰かがこう訴えているのだ。――糸羽純は、自分のものだと。

「大丈夫だぞ、糸羽。大丈夫だ」

　虎鉄君は怯える純の肩をしっかりと摑み、言い聞かせるような口調で語りかけていた。

「今日は俺が家まで送るよ。いいか？」

　尋ねると、純は僅かに頷く。

　彼女を気遣いながら、虎鉄君は帰路を辿り始めた。

　一人その場に残された私は、捨てられた絆創膏を見下ろす。調べたいとは思ったけど、気味の悪さが勝って拾おうとは思えなかった。

夜、私はなかなか寝つけずにいた。目を閉じると頭の中に浮かび上がるのは、絆創膏に書かれた『呪』の文字。

あれは誰がいつ、どうやって書いたんだろうか。

部活中で動き回る彼女の肘に文字を書くなんて、不可能だ。だとしたら、更衣室での着替え中？　いや、いずれにせよそんなことされたら純も気づくだろうし、何より彼女は私の隣で着替えていた。

いくら考えても、答えはわからない。でも、一番怪しい人物だけは確定している。絆創膏の持ち主である、竜真君だ。

彼なら絆創膏に細工を施す時間なんていくらでもあるだろうし、例えば体温や血で浮かび上がるインクなんてものがあるのかもしれない。

「……でも、何で竜真君がそんなことを？」

零れた疑問は、枕に染み込み消えていく。

彼は純のことが好き。だから、自分のものだと主張するために何らかの方法で

『呪』の文字を刻んだ絆創膏を彼女に貼った。

だとすれば、それはとても悲しいことだと思う。

そんなものは、もう先生の言う『おまじない』なんかじゃない。私達のよく知る、読んで字の如くの『のろい』だ。

でも、竜真君がそんなことをするとも思えない。何か理由があるのかな？

「……あー、もうっ！」

解けない疑問に、私は頭を掻き毟りながら身を起こす。お腹にかけていたタオルケットを引っぺがすと、勉強机のスタンドライトをつけた。

明日、カンジ先生に訊いてみよう。

彼の流儀に則るのはちょっと癪だけど、朝練で他の生徒より早く登校する私にとって、職員用玄関の先生の下足入れに手紙を投函するという呼び出し方はたしかに理に適っている。

久しぶりに机の引き出しの最下段を開け、一番奥を探った。色とりどりの便箋が、そこにはたくさん眠っている。

もう使うことはないと思っていた。使いたくもないと思っていた。でも、知りたい。知らなきゃいけない。純は、なぜ呪われてしまったのかを。

だから私はペンを取り、便箋の上を走らせる。

つい先程までただの紙だったものに、私の気持ちが移し込まれていく。その感覚は懐かしく、こそばゆくて――やっぱり、まだ苦手だった。

翌日の昼休み。カンジ先生は、手紙で頼んだ通りいつもの喫煙所跡地に来てくれた。

「下足入れに手紙を入れて呼び出されるのは嫌だと言っていなかったか？」

手紙をヒラヒラと振っている先生の顔は、何だか嬉しそうに見える。

「女子高生からのお手紙が、そんなに嬉しいんですか？」

「ああ、嬉しいさ。手紙とは、貰って嬉しいものだろう」

恥ずかしがらせようとしたのに、返り討ちにあってしまった。

「僕に用事がある時は、今後もこの方法で頼む」

「嫌ですよっ！　他にいい方法が思いつかなかったから、今回だけ特別です！」

こっそりラブレターを投函しているような気持ちになって、無駄にドキドキしたなんて口が裂けても言わないけどね。

「それよりも、竜真君の件です」

私は冷やかされるために昼休みを犠牲にしているんじゃない。真実が知りたいから、先生を頼ったんだ。

　事件の内容は、細かく手紙に綴っておいたから先生はもう把握しているはず。おかげで寝不足だ。お肌に悪い。

　……まあ、寝不足なのは他にも理由があるんだけど。

「絆創膏に浮かび上がる文字だが、あれに関しては別段難しいことはない。仕込んだのは、キミの思う通り竜真君だろうな」

「やっぱり、特殊なインクか何かを使ったんですか？」

「ああ。だが、珍しいものではない」

　そう言って、先生は胸ポケットから一本のボールペンを取り出した。それは、前に漢字ナンクロを解く際に使っていたのと同じもの。

「これはペンの上部についているラバー部分で擦ると、書いた字を消すことができる代物だ」

「消せるボールペンですよね。知ってますよ」

　実際、授業でノートを取る時にも使っている。間違えても手軽に消せるので、重宝している生徒は多い。

「では、なぜ擦るとインクが消えるか知っているか？」

「ええと……」

数秒の沈黙を知らないと受け取って、先生はそれ以上の私の言葉を待たずに説明する。

「このインクは、一定の温度を超えると透明になるように作られている。だから実際は消しゴムのように消しているのではなく、ラバー部分で擦ることにより摩擦熱を発生させて、インクを透明にしているだけなのだ。そして、透明になったインクは一定の条件を満たすと色を取り戻す」

復活方法を予測するのは、私でも難しくなかった。

「……冷やせばいいんですか？」

「そうだ。氷点下まで急激に冷やす必要があるが、キミが純さんに貸したというコールドスプレーなら、それが可能だろう」

繋がってほしくなかった点と点が線になってしまった。

あらかじめ絆創膏に消せるボールペンで『呪』と書き、その後ドライヤーなどで熱を加えてインクを透明にしておけばいいだけ。

純が転んでぶつけた左肘。そこへ自前の絆創膏を貼りつけたのは竜真君で、念のためコールドスプレーで冷やせと言ったのも竜真君。

純に呪いをかけた犯人が竜真君であることは、もう疑いようがなかった。

「──何で」

　ギリッと、私は歯を食いしばる。

「何で竜真君はそんなことをしたの？　純のこと、好きだったんでしょ？　あんなやり方で自分のものだって主張するなんて、絶対に間違ってる！」

「知華さん。落ち着いて」

「私はキューピッド役を頼まれた時、正直困りました。でも、部活仲間の助けになれるならって前向きに考えていたんです！　恋って、もっと清らかなものなんじゃないんですか⁉　愛って、もっと美しいものなんじゃないんですか⁉　私は――」

　頭の上に、大きな手のひらが置かれた。それはゆっくり、優しくポンポンと頭の上を跳ねる。

　何だか――不思議と懐かしい気持ちになった。

「落ち着いたか？」

「……はい。すみません」

　返事を受け取ると、先生は私の頭から手を放した。それを少しだけ、名残惜しく感じてしまう。

「座るといい」と促されて、私は木製ベンチにストンと座った。先生も隣に腰かける。

「竜真君が『呪』の漢字を純さんに貼りつけたことは、間違いないのだろう。だが、そこに悪意はないと僕は考える」

「なぜですか?」

「部活後に、替えの絆創膏を自分で持って行かなかったからだ」

たしかに、部室から出た私達の元へ新しい絆創膏を持ってきてきたのは、弟の虎鉄君の方だった。

「コールドスプレーを使うとしたら、着替えのタイミング。即ち、部室から出る頃には竜真君が仕掛けた『呪』の漢字が浮き出ている。夏服の半袖ならば肘は露出しているから、本人が気づかなくとも周囲の誰かが気づき、ちょっとした騒ぎになるだろう」

「はい。実際にそうなりました」

「仕込みが成功し、巡ってくるのは傷心の純さんに手を貸すという一番おいしい王子様の役割。だが彼は、それを意図して放棄している」

言われてみれば——変だ。竜真君が来ていれば、純に好印象を与えられたかもしれないのに、彼はそのヒーローの席を弟に明け渡している。これじゃあ、まるで——。

「——まるで、虎鉄君に純を譲ったみたいじゃないですか」

「そういうことだと、僕も思うよ。弟も純さんが好きだということに、竜真君はどこかで気づいてしまったんだろうな」

純と一緒にいる時、矢間本兄弟から視線を感じることが多かった。好きな人はやっぱり目で追ってしまうようで、常に周りを見て気を遣える竜真君は、弟のその様子に気づいていたのかもしれない。ましてや双子ともなれば、通じるものもあるのだろう。

先生はいつものように、どこからともなく漢和辞典を取り出すと「ほら、漢字が呼んでいるぞ」と当然のように一発で目的のページを開く。

そこに載っているのは、もちろん『呪』――かと思ったけれど、違う。

「先生、開くページ間違えてますよ。漢字の声とやらを聞き間違えたんじゃないですか？」

「いや、これで合っている」

「いやいや、おかしいですって」

私はそのページに記載されている、先生の指が置かれた『祝』の文字を見て抗議した。

誰かを恨み、妬み、陥れようとするのが呪い。誰かの幸福を喜び、幸せが続くよう願うのが祝い。

見た目は似ていなくもないが、意味は正反対と言ってもいいほど違っている。

「よく見てみろ。どちらの漢字も『兄』が絡んでいる」

「そうですけど」

「当然、それだけではない」

先生はこの前と同じ手帳を取り出すと、消せるボールペンで『祝い』と書く。そして、私に尋ねた。

「知華さん。これは何と読む？」

「そりゃあ『いわい』ですけど……どうせ他にも何かあるんでしょ？」

「その通り。これで『のろい』とも読める」

「えっ」と、驚きのあまり思わず声が漏れた。

「それ、本当ですか？　呪いと祝いなんて、正反対もいいところじゃないですか」

「正反対に近い意味を併せ持つ漢字は、意外と多い。『戦』という字は勇ましく『たたかう』とも読めるが、怯えて『おののく』とも読める。『結構です』という一言は、許可と拒絶のどちらとも捉えることができる。先日キミに教えた『愛』もそうだ」

言われて、私は思い出す。『愛』の読み方は『いとしい』と『かなしい』。胸が詰まる思いであることが共通しているから、愛は哀であるという考え方。

「『祝』と『呪』は、元々どちらも『祝』だったと考えられている。祭壇に向かって神に祝詞を捧げる形が『祝』の成り立ちだ。しかしながら、神に願うことは様々。なので、幸福を願う場合は『祝』、不幸を願う場合は『呪』が使われるようになった」

説明を終えた先生は、辞典をパタンと閉じる。

「あの絆創膏は、竜真君から虎鉄君への『祝い（のろい）』。二人の仲が上手くいくようにと仕かけた、彼なりの祝福だ」

虎鉄君の性格なら、純がショックを受けている場面で放っておくはずがない。純にしたって、自分が傷ついている時に介抱してくれた人を悪く思うはずがない。

二人の仲は、確実に一歩前進するだろう。――だけど、

「……そんなのって、あんまりですよ。告白もしないで負けを認めるなんて」

「彼自身がそう決めたのなら、他人がどうこう言うことではない」

「でも……竜真君と話さないと！」

「やめておけ。傷口に塩を塗るだけだ」

裏口のドアノブに手をかけた私の肩を摑んで止め、先生が忠告する。でも、

「すみません。私、やっぱり行きます！」

竜真君と話したところで、私の心のモヤモヤは晴れないだろう。でも、動かずにはいられなかった。

先生は尚も止めるだろうと思ったけれど、

「……そうか。変わらないな、キミは」

そう呟いて、肩から手を放してくれた。

変わらないとは、どういう意味だろう？　気になるけど、今は優先すべきことがある。目一杯地を蹴り、私は駆け出した。

竜真君のクラスに、彼の姿はなかった。

クラスメイトに尋ねても有力な情報は得られず、捜し回った結果、昼休み終了五分前にしてようやくその姿を体育館裏で発見した。

彼は伸び放題になっている雑草の上に胡坐を掻いていて、一口しか齧られていない焼きそばパンを片手に持っている。

虚空を見つめる様子を見る限り、そのパンが減る気配はない。

「竜真君」

呼びかけると、彼は少し怯えるような反応を見せた。悪戯をして隠れていた子どもが、親に見つかった時のように。

「あ、ああ……寿々木か」

「隣、いい？」

「もちろん。草の上で申し訳ないけどな」

許可を貰ったので、スカートが捲れないよう手で押さえて隣に座る。少し離れたところで、大きなトノサマバッタが跳ねるのが見えた。

「寿々木。糸羽との仲を取り持ってほしいって言ったけど、あれもういいから。勝手でごめんな。この埋め合わせは、必ずする」

「そんなこと、どうでもいい。私ね、知ってるの。純の絆創膏に浮き上がった『呪』の漢字は、竜真君が消えるボールペンで仕込んだものなんでしょ？」

私が告げると、彼は「参ったな」と弱々しくはにかんだ。

「ほら、学校での呪いブームの生みの親って、一応俺なんだろ？　だから、ちょっとした悪戯心っていうかさ」

「何で虎鉄君の背中を押すようなことをしたの？」

「……ああ、そこまでバレてるのか」

力のない笑顔で天を仰いだ竜真君は、そのまま体育館の外壁に背中を預けた。館内からは、誰かがバスケットボールでドリブルをする音が聞こえてくる。

「虎鉄も糸羽のことが好きだって、寿々木は知ってたんだな」

「うん……ごめん」

「謝ることじゃない。板挟みにされて、迷惑だったろ？　悪かったな。でも、もう終わったから」

「竜真君は、告白しようと思わないの？」

「思わないさ」

彼は覇気のない声で「勝ち目のない戦いなんて、真っ平ごめんだ」と続ける。

片手に持っていたはずの焼きそばパンは、いつの間にか草の上に落ちていた。それを気にする素振りもなく、彼は心のうちを吐き出す。

「弟は、虎鉄は凄い奴だよ。昔から、何をやってもアイツには勝てない。陸上だってそうだ。だから俺は、別の部分で秀でた存在になろうとしてサポートに回っている。俺のことを面倒見がいいとか、次期部長候補とか言う奴らがいるが、冗談じゃない。諦めた人間が、雑用をこなしてるだけだ」

「そ、そんなことないよ！」

「下手なフォローならやめてくれ。何を言われても、俺は結局アイツには勝てない。勉強も、運動も、見た目も——当然、恋愛も」

竜真君が、視線を私に戻した。その瞳は、僅かに涙を蓄えているように見える。

「だから、諦めた。呪いの漢字を利用して、虎鉄を焚きつけることにした。アイツはいい奴だよ。虎鉄になら、糸羽を任せられる。これでいいんだよ、寿々木」

彼の口から結論が述べられるのに合わせるように、予鈴が鳴った。立ち上がり、竜真君は「ほら、授業が始まるぞ」とその場凌ぎの笑みを披露する。

諦めないでと伝えたい。でも、それは無責任というものだろう。だって、これは恋愛ドラマじゃない。現実だ。

失敗は尾を引き、行動次第で兄弟関係すら壊しかねない。誰かの幸せを思い身を引くというのも、立派な選択だと思う。

　でも、このままじゃ竜真君にとっての『愛しい』の読み方は、『かなしい』になってしまう。

「竜真君！　私は」

「もうやめてくれ、寿々木」

　静かだけど、ピリッと張り詰めるような声が私の喉から出ようとする言葉を押し止めた。

「……叶わない恋なんて、それこそ呪いでしかない」

　呪い。最近見慣れてしまったその漢字が本来持っている恐ろしさや禍々しさが、私の中で一気に色を取り戻す。

　彼の刻んだ『呪』の読み方は、先生の言うように弟の幸福を願った『いわい』なのか。それとも――叶わぬ恋への恨みを込めた『のろい』なのだろうか。

☒☒☒

「いやー、フラれちまった」

　虎鉄君からその報告を聞いたのは、数日後のことだった。

部活前にいきなり言われてリアクションの正解がわからない私は、若干裏返った声で「そ、そうなんだ」と反応する。

まあ、竜真君が譲ったからと言って、虎鉄君の告白が必ず成功するわけじゃないよね。

「わりぃな寿々木。手伝って貰ったのに」

「ううん。私結局何にもしてないし……もしかして、前に好きだった人を忘れられないからってフラれたの？」

「ああ」彼は困ったように頬をポリポリ掻いて「そいつ、死んじまったんだとさ」と言った。

胸がずきりと痛む。先生から『愛しい』の別の読み方を教わった時、私の脳裏を過った『死別』という嫌な想像は的を射ていたみたいだ。

「そっか……悲しいことだね」

「まあな。でも、俺には正直よくわかんねーかな」

「わかんないって、そんなことないでしょ！　そりゃあ経験したことのない人には当事者の気持ちはわからないかもしれないけど――」

「え？　ちょっ、落ち着けよ寿々木。知らないのか？」

虎鉄君は続ける。「死んじまった好きな人ってのは、漫画の、キ、ャ、ラ、だぞ」と。

飛び込んできた新たな情報が正しい位置に収まるまで、少し時間がかかった。

そういえば雨の日の帰り道、純は亡くなった好きな人について私が尋ねた時『多分、先輩にはわかって貰えませんから』と言っていた。私の恋愛経験のなさを見抜かれたと思っていたけれど、あれは少年漫画を倦厭する私にはわかって貰えないという意味だったのか。

現実で死別したわけじゃないことを知った私は「そうなんだ」と安堵する。とはいえ、純にとっては大問題なんだろうけれども。

「でさぁ、悔しいからその恋敵が出てくる漫画買って読んでみたんだよ。そいつは超能力者が活躍する世界で、何の力も持ってない軍人なんだ。なのにいつも最前線で戦って、力が劣る分周りをサポートして、決して腐らず愚直にできることを続ける。そんなキャラだった」

私はその漫画を読んだことがない。だけど、頭の片隅にとある人物の顔が浮かんだ。

「弟に好きな人を譲るようなどっかの馬鹿に、よく似てると思わねーか？」

瞳を大きくする私を見て、彼は「糸羽も、似たような反応をしたよ」と口角を上げた。

虎鉄君は、全てを知っていたようだった。そりゃそうか。双子だもんね。言葉にしなくたって、自然に伝わることはあるはずだ。

「その漫画、貸してくれない?」

「構わねーけど、先約があるんだ。っっても、俺が無理やり貸すんだけどな」

その相手が誰なのかは、訊くまでもない。不器用なその行動は、弟から兄への『祝い』なんだろう。

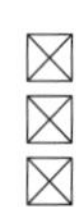

部活で汗だくになった顔をグラウンドの校舎側にある水道で洗っていると、不意に低い声が話しかけてきた。

「精が出るな」

顔をタオルで拭いてから声の方へ目をやると、カンジ先生が校舎の一階の窓を開けて上半身を覗かせていた。

私は持参したスポーツドリンクを呷り喉の渇きを潤してから「先生も運動しないと、お腹が出ちゃいますよ」とからかう。

彼は私の嫌味をさらりと流すと「その後はどうだ?」と尋ねてきた。部内での三角関係のことを訊いているんだろう。

「これまで通りな気がしますけど……」

あれから数日。私の知る限りでは、特に変化は見られない。フラれた虎鉄君はあっけらかんとしているし、純も毎日元気に走っている。

「あっ」

遠目に見ていた純の足が縺れて、転倒する。

相変わらず、よく転ぶ子だ。そして、やっぱり竜真君はそこへいち早く駆けつける。

慣れた手つきで治療を終えた彼に、彼女は深々と頭を下げた。

純は歩き出す。――だけど、時折振り返っては歩き去る竜真君の後ろ姿を見つめていた。

「知華さん。キミは『愛』という字の成り立ちを知っているか？」

首を横に振ると、先生は笑みを携えて教えてくれる。

「心を含む上部分が『振り返ろうとする気持ち』、残る下部分は『歩く』を意味している。つまり愛とは、『振り返りつつ歩く様』を示しているのだ」

私は改めて、純に目を向ける。少し悔しいけれど、それはとても素敵な成り立ちだと思った。

四話
朝の月

数年ぶりに漢和辞典を開いたのは、先生に手紙を書くためだった。

純を襲った『呪』の漢字が絡む事件について先生の意見がほしくて、呼び出す手段として不本意だけど先生と同じ手紙という選択をしたのだ。

正しく書けているか自信のない漢字があれば、スマホで入力してみるのが手っ取り早い。私も普段ならそうするけど、先生の影響なのか、自然と本棚の片隅で息を潜めていた漢和辞典に手を伸ばしていた。

ケースから引き抜くと、くすんだパールホワイトの装丁が現れる。紙の束が見える小口は黄色く変色していて、ところどころに変な折れ目がついている。

懐かしさを覚えながら指を滑り込ませると、自然とあるページが開かれた。

それもそのはず。なぜなら、そこには一通の手紙が挟み込んであったから。

「こんなところにしまってあったんだ……」

この桜色の封筒の中身は、彼に宛てた最後の手紙。結局届くことのなかった、行き場のない想いの眠る場所。

私は椅子から立ち上がり、クローゼットの奥からあるものを取り出す。

それは、宝石のようなお菓子が鏤められた藍色のクッキー缶。指先を縁に引っかけて力を込めると蓋はガポンと音を立てて外れ、大量の手紙が当時のままの姿を見せる。

辞典から取り出した手紙をそっと缶の中に入れて、すぐに蓋を閉じる——のをやめて、一通手に取った。

　やや色褪せた水色の封筒の中からは、四葉のクローバーがあしらわれた同系色の便箋が出てくる。

　チカさまへ

　出だしから下手くそなその文字は、私の記憶を過去へと緩やかに誘っていった。

☒☒☒

　どうして私は、他の子よりも背が低いんだろう。

　周りの子が競うように身長を伸ばしていく中、私の背の順の並びはいつまで経っても先頭のままだった。

　好き嫌いせずもりもり食べているし、牛乳だって朝昼晩欠かさず飲んでいる。それなのに、未だに低学年と間違われてしまう。

「おいチビ」

　クラスの男子からそう呼ばれることが、次第に増えてきた。

きっかけは、小学三年生の冬のこと。体育でやったドッジボールで最後の一人になってしまった私が、あっけなく負けてしまったせい。

とある男子が「お前がチビでノロマだから負けた」と発言すると、他の男子達もそれに賛同する。女子は庇ってくれたけれど、その状況が酷く情けなく、同時に申し訳なく思えた。

その日から、クラスメイトと顔を合わせるのがだんだんと怖くなった。男子はもちろん、私によくしてくれる女子が相手でも内心では男子と同じことを思っているんじゃないかと疑心暗鬼になり、その思いが私の中に深く根を張ってしまった。

私の背は、もしかすると一生このまま伸びないのかな？　だとすると、私はこの先もずっとチビだと馬鹿にされ続けるの？

二月が半ばを過ぎた頃、私の足はついに学校へと向かわなくなってしまった。

いつもの時間に起きて、朝ご飯を食べて、牛乳もしっかり飲んで、歯を磨いて、ランドセルの中身を確認してから「いってきます」と家を出る。

――でも、そこまで。家の門から出ることができず、立ち尽くしてしまう。

空を見上げると、薄っすらとした白い月が浮いていた。

朝なのに月が見えるなんておかしいな。でも、『朝』って漢字には『月』が入ってるから、べつにおかしくはないのかもしれない。そんなどうでもいいことをぼんやりと考えて、さっき出たばかりの玄関ドアを開ける。

毎朝数分も経たずに帰ってくる私を、お母さんはいつも困ったように微笑みながら、責めることなく迎えてくれた。

☒☒☒

「よっ！」

呼び鈴の音を聞き階段を下りると、玄関に明日香が立っていた。明日香は、ほとんど毎日私にプリントを持ってきてくれる。

前に一度、そんな彼女に尋ねたことがあった。

「何で明日香は、私に構ってくれるの？」

「だって、知華ん家に来ればタダでお菓子食べられるし」

明日香がお金大好きな節約家なのは、クラスでも有名な話だ。彼女みたいな人を、守銭奴って呼ぶらしい。

照れ隠しを見抜けないほど、私は間抜けじゃない。だけど、明日香がそう言うならそういうことにしておくつもりだ。

プリントを受け取ってから明日香を部屋に上げて、お望み通りお菓子を出す。ポッキーを一本齧ると、彼女は「学校でね」と今日の出来事を話し始めた。

明日香はこうやって毎日、学校での楽しかったことを話してくれる。それが「こんなに楽しいから、また学校においでよ」というメッセージだということは伝わっていた。

伝わったうえで、知らんぷりをしていた。今日も私は、素知らぬ顔で彼女の話に耳を傾ける。

「今日ね、駅前で募金の呼びかけをやったの」

「へー、何の募金?」

「えっと、どっかの貧しい国のためみたいなの。よくわかんない」

日本から出たこともない私達に、遠い外国の事情なんてわかるはずもない。募金活動自体は間違いなくいいことなんだから、わからなくてもいいとも思うけれど。

「まあ、アタシは佐咲さんや馬追さんと一緒に集計係だったから、呼びかけには参加してないんだけどね。ずーっと小銭数えてて、何だか目が疲れちゃった」

「お疲れ様。全部でどのくらい集まったの?」

「一万円弱くらい」

「へー、凄いね!」

「そんだけあるなら、ちょっとくらい分け前くれてもいいのになー」

ブレない守銭奴っぷりに、「それじゃ募金の意味ないじゃん」と私は苦笑いを浮かべながらオレンジジュースのストローを咥えた。

明日香の話は「それからね」と自由に舵を切って、アニメの話題へと移り変わる。明日香とだけは、臆せず話すことができる。それは彼女が私を大事な友達だと思ってくれているのが行動で伝わってくるから。

いつだって真っ先に助けてくれて、こうして気にかけてくれる。親友とは、明日香のような存在のことを指すんだと思う。

彼女とは、ずっと友達でいたい。中学でも高校でも、大人になってからもずっと。私も、明日香を助けてあげられるような人になりたい。でも、そんなのは夢のまた夢だろうな。

それこそアニメのキャラなんかがよく「人は変われる！」なんて台詞を言っているけれど、具体的な答えは画面越しに問いかけたって返ってこない。

誰か教えてほしい。私は、どうすればいいんだろう。

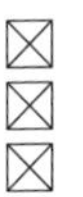

あくる日の夜。担任の四篠（よしの）先生が訪ねてきた。

若い女の先生で、いつもはもっと動きやすそうな恰好をしているのに、今日はスーツでビシッと決めて食卓の対面に座っている。

とても優しく、児童との距離が近い人。でも、優しすぎるせいなのか若すぎるせいなのか、私の中では正直頼り甲斐のないイメージが強かった。

「知華ちゃん、元気？　今日はいいものを持ってきたの」

そう手渡されたのは、四年生のクラス名簿。私が学校に行けない間に、もう四月が迫って来ていた。

目を通してみると、私の割り振られた三組には暴言を吐いてくる男子の名前はなかった。一方で明日香はいるし、今も同じクラスの背が高くて大人っぽい佐咲さんの名前もあった。

でも、それだけですぐに行きたくはならない。私が何も言わず名簿を食卓の上に置くと、先生は寂しそうに眉を垂れた。それも束の間のことで、「それじゃあ」とこんな提案をしてくる。

「ねえ、文通をしてみない？」

私が首を傾げると、隣に座っているお母さんが「手紙をやり取りすることよ」と教えてくれた。

「何で今時手紙でやり取りするの？　メールでいいじゃん」

「待つ時間も含めて楽しいのが文通なんです」

私が文句に近い反応を示すと、先生は文通のメリットを説いた。

「先生と私が文通するの？」

「それも楽しそうだけれど、実はこういったものがあるの」

先生が食卓の上に置いたのは、一枚の紙。『ツバメ文通』という、とあるインターネットサイトの広告だった。私はお母さんと一緒に覗き込み、内容に目を通す。

「匿名で文通ができるサービスなんです。細かい規約でプライバシーは保護されますし、手紙は一旦運営会社のチェックが入るので、変なものや不適切な文章が送りつけられることはありません」

「それなら安心ですね。いいんじゃない知華？」

乗り気な先生とお母さんに生返事をして、私は広告を読むふりを続けた。

正直、断りたい。だって、手紙なんて面倒くさいもん。何でわざわざ時間と労力と切手代を割いて知らない人と交流しないといけないのかがわからない。

「……何で、文通なんですか？」

消え入りそうな声で、おずおずと先生に尋ねた。

「先生はね、知華ちゃんに人との交流を続けてほしいの。今は誰かと面と向かって話すのが怖いかもしれないけど、お手紙なら怖くないでしょ？」

それはそうだけど、気が進まない。

でも、私はただでさえお母さんと先生に迷惑をかけている。大人二人からの期待の眼差しに押される形で、最終的にはこくんと頷いてしまった。

先生が帰るなり、お母さんは早速ノートパソコンを開いて『ツバメ文通』のサイトに繋ぐ。私の決意が鈍らないうちにと思っているみたい。最初からやる気なんてこれっぽっちもないのに。

「ペンネームでやり取りするみたい。何にする？」

そんなことを言われても、咄嗟に思いつくものはなかった。ペンネームって、あだ名みたいなものかな？

普段、友達に名前をそのまま呼ばれているので、私にはあだ名がない。かといって、匿名の場所に本名を出すのは嫌だった。

「じゃあ……ムキうさ」

ムキムキうさぎは、物心ついた頃から私が夢中なキャラクターだ。可愛いうさぎのお顔に、ムキムキボディのギャップが堪らない。

「うーん……他の名前にしない？」

でも、お母さんはムキうさがあんまり好きじゃない。ムキうさの話をすると、明日香と似たような顔をする。

「ムキうさがいい！」

むきになる私を制してお母さんは口を開く。

「じゃあ、『ウサギ』にしましょう。それでいい？」

キーボードで打ち込むのはお母さんなので、私に拒否権はないようなものだった。

年齢、性別、趣味、自己紹介の欄をトントン拍子にお母さんが埋めて、登録完了。

会員になったことで、文通希望者の情報を見られるようになった。共通の趣味を持つ人を求めている人もいれば、絵葉書を送り合う関係を希望してる人もいる。

読んだ小説の感想を言い合える仲を望む人もいれば、十代の女の子同士限定で募集している人もいた。

「同年代の方が話も合うだろうし、いいよね」と、お母さんが検索欄で条件を絞る。

八～十二歳までで調べると、四件だけヒットした。薄々わかっていたけれど、私くらいの子どもの利用者はあんまり多くないみたい。

お母さんが座っていた席を譲って貰い、私は画面に映し出されたプロフィールを順に読んでいく。

一人目は女の子で、ペンネームは『キララ』、十歳。魔法少女について語り合える友達が欲しいそうだけれど、私はそういうのはもう卒業しているから難しい。

二人目は『盆栽（ぼんさい）くん』というペンネームで十一歳の男の子。名前の通り盆栽の話ができる人を希望している。これも無理そうだ。

三人目は女の子で、ペンネーム『カナっち』。八歳。文章を書くのが好きで、身近に文通してくれる子がいないからここで募集しているらしい。趣味の欄に私と同じ少女漫画があるし、この子で決まりかなと思いながら最後の四人目に目を移した。

ペンネーム『あ』。性別は男の子。年齢は九歳で、私と同じ。その他の欄は、全て空白。適当に登録したのがよくわかる、誰からも相手にされないことが前提のプロフィールだった。こんなの、候補に入るわけがない。最初からやる気のない人に手紙を送るなんて、時間の無駄だもん。

やっぱり三人目のカナっちで決まりかなと思ったところで、私の頭の中にいいアイデアが浮かんだ。

「この人にする」

私は画面上の四人目『あ』を、マウスのカーソルでくるくる回しながら示した。お母さんは「カナっちの方がいいんじゃない？」と眉を顰めたけれど、私も「何かミステリアスで、興味がある。同い年だし」と譲らない。

もちろん、興味があるなんて嘘だ。見るからにやる気のない彼に送れば、ほぼ間違いなく返事は来ない。

でも、文通にチャレンジしてみたという実績は作れる。その後に別の人とのやり取りを勧められても、手紙の返事がないのがショックだったからやりたくないと断る口実ができる。

お母さんは納得できない様子だったけれど、娘が自分で選んだ相手ということで渋々承諾してくれた。

翌日。お母さんが用意した色とりどりのチューリップ柄が可愛いレターセットを手に、机に向かう。

でも、『あ』というペンネーム以外何もわからない男の子に送りたい内容なんて、全然思いつかなかった。

カナっちにしておけばよかったかなと思いつつ三十分ほどうんうんと悩み、結果吹っ切れた私は適当に当たり障りのないことを綴ることにした。

どうせ返ってこない手紙だ。もしかすると、読まれもせず捨てられてしまうかもしれない。それなのに、悩み続ける必要なんてない。

「よしっ」と気合を入れると、私はペンを手に取り便箋に向かった。

あ様へ
はじめまして。私はウサギといいます。
プロフィール欄が真っ白で、あなたのことは何もわかっていません。だから、私のことを書きます。

小学三年生で、好きな食べ物はミカンと牛乳。嫌いな食べ物は納豆。

好きな動物はウサギで、嫌いな動物はいません。

趣味は少女漫画を読むことで、特技はこれから見つけていくつもりです。

よかったら、あなたのこともおしえてください。

ウサギより

こんなところかな。馬鹿な子だと思われないよう、まだ習っていない難しい字も漢和辞典を捲りながら頑張って使ってみた。

便箋の端をきっちり合わせて折りたたみ、封筒に入れてウサギのシールで封をする。

完成した手紙を掲げると充実感を覚えたけれど、これが読まれないだろうと思うと、何だか空しくも感じた。

☒☒☒

「知華っ！　知華ー！　大変大変っ！」

買い物から帰ってきたお母さんが騒ぐので何事かと階段を駆け下りる。ケガでもしたのかと思ったけれど、買い物袋を片手に立つお母さんはニコニコと笑っていた。

「もー、脅かさないでよ」

「ごめんね。でも、これ！」

差し出されたのは、白い封筒。首を捻り受け取り裏返すと、宛名は私の名前で、送り主は『ツバメ文通』となっていた。

「きっと手紙の返事よ。よかったね、知華」

お母さんに、私は上手く笑顔を返せなかった。だって、文通なんて面倒くさいからこの相手を選んだのに。

「う、嬉しいなぁー」

表面だけ取り繕いながら、ちらりと下足入れの上に置いてある卓上カレンダーを確認する。私が手紙を送ってから、約二週間が経っていた。

お母さんは、私が手紙を開けるのを待っている様子。でも、自分宛ての手紙を人前で開けるのは何だか恥ずかしい。

「……部屋で開けてもいい？」

「ああ、そうね。知華に宛てた手紙だものね」

そわそわしていたお母さんは名残惜しそうに手紙を一瞥すると、キッチンの方へ引っ込んでいった。

私は部屋に戻ると、勉強机のスタンドライトをつけて封筒を置いた。自分宛ての手紙なんて、学習教材の宣伝と年賀状以外では初めてだ。

ちょっと緊張している心臓を落ち着けてから封を切ると、封筒の中から水色をした別の封筒が出てきた。

外側の封筒はツバメ文通が用意したもので、内側の封筒は差し出し人のものらしい。こういう形で送られてくるのか。

水色の封筒には『ウサギさまへ　あより』と書かれていた。どうやら私が送った『あ』からの返事で間違いないみたい。

「……字、下手くそ」

最初の感想は、それだった。

私の書く文字だって、お世辞にも綺麗なんて言えない。だけど、それにしたって宛名の文字は下手くそとしか言いようがなかった。バランスがわかっていないというか、一筆一筆に自信がないというか。手紙をぶんぶん振れば、バラバラに崩れそうな形をしている。

まあ、字の癖だってその人の個性。読めればいいんだ。封筒を裏返すと、『確認済』と書かれたシールで封がされている。安全のためにツバメ文通の人が一度中身を確認してから、こうして送ってくれるみたい。

変な手紙が利用者の元へ届けられないための安全策なのはわかるけれど、自分宛ての手紙が先に誰かに読まれてしまうというのは少し残念に思った。

さあ、いよいよ中身を取り出す。私は嬉し恥ずかしい気持ちを誰が見ているわけでもないのに内面に隠して、折れ目のついた便箋を広げた。

ウサギさまへ
キミの、テガミは、カンジをつかいすぎていてよみにくい。どうしても、ボクとブンツウしたいなら、カンジのしようはひかえてほしい。そうして、くれたならテガミのやりとりをつづけて、あげてもいい。
あより

「……はぁ？」

読んだ感想は、その短い言葉で十分収まった。

私は目を擦ってから、もう一度読んでみた。でも、もちろん内容は変わらない。

たしかに私は、見栄を張ってまだ習っていない漢字も使った手紙を書いた。でも、それは自分で調べたり親に訊いたりすれば問題なく読める程度のものだ。怒られるほどのことをした覚えはない。

それに、そう言うそっちはひらがなとカタカナだけじゃん！　読点の位置もおかしいし、私の書いた手紙よりもずっと読みにくい。

しかも『つづけて、あげてもいい』って！　同い年なのに簡単な漢字も使えないアホ男子に、そんな上から目線で言われたくないんですけどっ！

私は手紙を机の上に放り投げて、階段を駆け下りる。

「お母さん！　新しいレターセットちょうだい！」

「あら、早速お返事書くのね？　お母さん嬉しいわ」

「そんなんじゃないから！」

言われっぱなしは悔しいし、返事を出さなかったら何だか負けた気分になる。だから、こっちも書きたいことを書いてやるんだ。

どんな言葉で言い返してやろうかと興奮しながら、レターセットを手に階段を上る。その途中で、ふと立ち止まった。

手紙の相手『あ』は同い年の男子。私を『チビ』と馬鹿にして、学校に行けなくしたあの男子達と同じ。

私には、面と向かって言い返す勇気がなかった。でも、手紙でなら言い返してやろうと思えている。

先生が望んだ形とは違うかもしれないけれど、たしかに文通は私にとっていい練習になるのかもしれなかった。

☒☒☒

それから、私達の文通が始まった。
内容は喧嘩そのものだったけれど、ツバメ文通がチェックしたうえでもしっかり届けてくれているのは、子どもの言い争いだから大目に見てくれているんだと思う。
『あ』からの返事は、私が送ってから大体一週間くらいで届く。馬鹿と書けばアホと返され、意地っ張りと書けばろくでなしと返ってくる。最初こそむきになっていたけれど、さすがに三往復目になると頭も冷えてきた。

とりあえず、『あ』はわかりにくいから『あっくん』って書くね。

一方的に、そう書くことにした。
まともな手紙に切り替えると、あっくんからの罵詈雑言もピタリと止まった。もしかしたら、悪口のストックが切れただけなのかもしれないけれど。

カンジを、つかうのはやめろ。

だけど、あっくんはその主張だけは曲げなかった。毎回必ずそう書かれている。ここまで頑なだと、寧ろ理由が気になってくる。訊いてみると、一週間後の返事にはこう書かれていた。

ひつようない、からだ。

まあ、言いたいことはわからなくもなかった。漢字は書くのも面倒くさいし、覚えにくい。でも、必要ないとは思わない。

読点の位置も相変わらず違和感があるし、彼はよっぽど国語が嫌いな子なんだろう。あっくんへの手紙を書くために漢和辞典を捲っていた時、漢字の意味って意外なものがあって面白いなと思うことが何度かあった。そういう小ネタを書けば、彼の漢字嫌いも少しはマシになるかもしれない。

知ってる？『虎』っていう漢字には、『酔っ払い』って意味があるんだって。

試しに一つ、私が面白いと感じたものを書いてみた。

イミフメイ、だ。やはりカンジは、ひつようない。


だけど、逆効果だったみたい。

私は返ってきた彼の反応を読んで「あはは！」と思わず声に出して笑ってしまった。

不思議だな。顔も声も何もわからないのに、あっくんが膨れっ面でこの一文を書いたことが手に取るようにわかる。

四篠先生が薦めてくれた文通のよさを本当の意味で理解できたのは、多分この時だった。

すぐに返事を書こうとしたけれど、もうレターセットがない。階段を下りると、ちょうどお母さんが買い物へ行く準備をしていた。

「お母さん。レターセットがなくなった」

「じゃあ、帰りに文具屋さんで買ってくるね。同じデザインのでいい？」

今まで使ってたチューリップ柄も可愛かったけど……あっくんは、どんなのが好きなのかな？

「……ついて行ってもいい？」

自分で選びたいという思いが、私にそう口走らせていた。

引きこもって以来、久しぶりの外出。私の申し出を、お母さんは泣きそうな顔で受け入れてくれた。

☒☒☒

『朝』っていう漢字の右半分が『月』なのって、早朝の空にまだ月が残ってるからなんだよ。


私は時折、あっくんへの手紙にさりげなく漢字の話題を混ぜ込むようにしていた。今の彼が書く一見暗号みたいな手紙も解読する楽しみがあって悪くはないんだけど、正直やっぱり読みづらい。

だから、この文通をきっかけに少しでも国語が好きになってくれたらいいなと考えた。それに、弟に勉強を教えているみたいにも思えて面白かった。

あっくんからの手紙は、クッキーの空き缶の中にしまうことにした。缶が埋まっていくにつれて、彼の輪郭も少しずつ見えてきた。

無愛想で、ちょっと生意気な顔をしていそうだ。そのくせ理屈っぽい堅物で、自分を大人っぽく見せようと必死な男子。そんなところだろう。想像すると、何だか可愛かった。

お互いの内面がわかってくれば、書きたいことも増えてくる。回数を重ねていくうち、一度に送る便箋の枚数もどんどん増えていった。

だけど、未だにあっくんは頑なに漢字を一文字も使おうとしない。本当に頑固だ。

私、いじめで不登校中なんだ。

私は意を決して、十往復目になる手紙で現状をあっくんに打ち明けた。

身近な人よりも、こういう関係の方が話しやすいことってあるんだなと思った。馬鹿にされるかもと一瞬考えたけれど、

きにしなくて、いい。ムリにいく、ひつようはないだろう。

彼は、らしくない気遣いの言葉を添えてくれた。

それからは、何でも話せる間柄になった。私は次の手紙に、大好きなムキうさのことはもちろん、明日香が持ってきてくれる学校の話や、クラスに凄く大人っぽい佐咲

さんという女子がいて羨ましいことなどを書き綴った。

トクメイ、のテガミでジツメイを、だすな。

あっくんからの指摘に、私はやってしまったと頭を抱えた。自分は『ウサギ』なんてペンネームを使っているのに、ついついそんなことを忘れて友達やクラスメイトの名前をポンポンと出していた。

でも、私の住所をあっくんは知らないわけだし、そんなに厳しく言わなくてもいいのになとも思った。ツバメ文通とは、そういった関係で交流ができる場所なんだから。

実際、私が書いてしまった実名交じりの手紙は運営のチェックをすり抜けている。もっとも、運営側にはその名前が実名か仮名かなんてわからないだろうけど。

でも、その機会を私は利用した。次の返事の最後にこう書き添える。

これからは『ウサギ』じゃなくて、『チカ』って呼んでね。

さすがに漢字表記はやめておいた。どうせ彼はカタカナに直して送ってくるだろうし。

次の手紙から、あっくんはそれが当然のように冒頭を『チカさまへ』としてくれた。距離が近づいたような気がして嬉しい反面、彼の本当の名前が気になる。でも、自分からそれを訊くのはマナー違反。

知りたい気持ちをぐっと堪えて、私は自分で選んだ四隅で猫がポーズを取っている絵柄の便箋を折りたたみ封筒に入れ、音符マークのシールで閉じた。

相手の全てを知りたいなんて、思っちゃいけない。それができないからこそ、私は今学校へ行けなくなっているんだから。

必要以上に相手に踏み込まない。匿名の文通というやり取りは、特にそれが大事だろう。

でもいつか、彼と直接話ができる日が来るといいな。梅雨の雨が降る中で、そんな願いを込めつつポストに手紙を投函した。

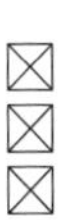

「よかったらどうぞ」
その日、いつものように放課後家に来てくれた明日香。
彼女が差し出したものを前に、私は驚愕した。赤いランドセルから出てきたのは、一本の缶ジュース。

「……お金取るの？」

「ううん。知華にあげる」

おかしい。お金に関してはとにかく細かくてケチなことが玉に瑕な私の親友が、人にジュースを奢るなんてあり得ない。

思わず外を見たけれど、晴れ渡った青空から雪や槍が降ってくる気配はなかった。

視線を戻した時、ジュースの銘柄を見て私は重ねて驚く。

「明日香……これ、お高いやつじゃない!?」

小学校の校門を出た正面の辺りには、自販機が一台設置されている。商品ラインナップに目新しいものはないけれど、ターゲットが私達小学生だからなのか、どのドリンクも百円というお手軽な値段で売られていた。

その中で唯一百十円する商品が、明日香の取り出したジュース。誰が言い出したのか、付いた呼び名が『お高いやつ』。

グレープ味のその缶のサイズは小さめなので損な気がするけれど、これはシェイクすることで程よく砕かれたゼリーが飲み口から出てくるという、ジュースというよりはお菓子に近い商品。

それを明日香が、タダでくれると言っている。熱でもあるんだろうかと彼女の様子を窺うと、本当にいつもより顔色が悪い気がした。

「明日香、大丈夫？　気分でも悪いの？」

「大丈夫」

口ではそう言っているけど、俯く顔はやはり青白い。明日香は私にくれたジュース
を見つめながら、こんなことを尋ねてきた。

「知華は……私が霊感とか持ってたとしても仲良くしてくれる？」

「えっ？」

——どういう意味？

明日香はお化けとかそういったものが苦手のはず。幽霊らしきものを目撃してし
まったから、恐怖で体調が優れないとか？

考え込む私へ、明日香は「にひっ」と笑ってみせる。

「冗談だよ、じょーだん！　何マジになってんの知華。私に霊感なんて、あるわけな
いっしょ！」

ケラケラとひとしきり笑うと「それよりさぁ」と彼女は話題を変える。

その後も明日香は終始笑っていたけれど、親友の悲しみを見抜けないほど私の目は
節穴じゃない。

学校で何かあったのかな？　クラスメイトに訊けば、何かわかるかもしれない。で

も——。

無力さを嚙み締めるように、私は貰ったジュース缶をギュッと握った。

☒☒☒

それから三日後。

夕方、いつものように玄関のチャイムが鳴る。明日香が来たとドアを開けた私の前には、意外な人が立っていた。

「……佐咲さん？」

「久しぶり」

佐咲瑠璃子は、私のクラスメイト。とは言っても、私はまだ四年生のクラスの教室に入ったことはないいんだけれど。大人な雰囲気を醸し出す長髪や仕草は、とても小学四年生には見えない。背の順の最前列が私の定位置なら、最後尾は彼女の定位置。つまるところ、とても背が高いのだ。

私の憧れの同級生。教室の片隅で本を読んでいる姿はとても絵になるし、人より幼く見られがちな私にとって、佐咲さんは対照的な存在だった。が、高嶺の花すぎて話したことも数えるくらいしかない。

「えっと、何で家に？　明日香は？」

「紗東さんはお休み。代わりに私がプリントを届けに来たの」

差し出された図書だよりを受け取って「ありがとう」とお礼を言う。

どうしよう。明日香ならいつも部屋に通して一緒に遊ぶんだけど、佐咲さんとはそういう関係じゃない。でも、わざわざプリントを持ってきてくれたのにこのまま帰すのは悪い気もする。

彼女はプリントを渡しても「じゃあね」と背を向けず、私の前に立ち続けていた。微動だにしないその佇まいには、気品すら感じてしまう。

沈黙がいい加減気まずくなってきた辺りで、お母さんがキッチンからひょっこりと顔を出した。そして、笑顔を咲かせる。

「あら、今日は違うお友達なのね！　さあ、上がって上がって！」

明日香以外の子が来てくれたことが、お母さんには嬉しかったらしい。有無を言わさず私の部屋に通した佐咲さんの前にお菓子とジュースを置くと、お母さんは「ごゆっくり」と言い残して出て行ってしまった。

静寂の中、時計の秒針が刻む音だけがやけに大きく聞こえる。ちらりと目をやると、彼女は背筋を伸ばして正座していた。やっぱり、凄く大人っぽい。スタイルもよくて、おまけに美人。

……って、見惚れてる場合じゃない。何か話さないと！

「そ、そういえば、明日香がこの前変なことを言ってたの。自分にもし霊感があったらどうとかって。佐咲さん、心当たりない？」

やや曇った彼女の表情は、思い当たる節があることを示していた。やっぱり、学校で何かあったみたいだ。

佐咲さんはしばらく言い出しづらそうにしていたけれど、ジュースを一口飲むと話し出した。

「私ね、一週間くらい前にクラスの子を誘ってこっくりさんをやったの」

正直、驚いた。佐咲さんがオカルトに興味があったのもそうだけど、それ以上に彼女が誰かを遊びに誘ったという点に。

私が言えたことじゃないだろうけど、そういう積極性はない子だと思っていた。

やったことないけれど、こっくりさんはたしか昔流行った降霊術だ。五十音と『はい』と『いいえ』と鳥居のマークを書いた紙に十円玉を置いて、それに皆で人差し指を置き質問すると、こっくりさんが十円玉に取り憑いてどんな質問にでも答えてくれる。そんな感じだった。

「やり方はネットで調べて、用紙も準備したの。皆も興味あったみたいで、馬追さんと八椰子(はやし)さんがちょっと怖がりながら参加してくれた。もう一人欲しかったから、近くにいた紗東さんにも声をかけたの」

「断ったでしょ？　明日香は、怖いの苦手だし」

「それがね、最初は断ろうとしてたんだけど、急に『やっぱやる！』って飛びついてきたの」

ホントに？　あの怖がりな明日香が？　怖い思いをしてでも訊いてみたい質問でもあったのかな。それとも、端から信じてないから怖くなかったとか？

そうして、一つの机を四人で囲んでこっくりさんは行われた。そこで心霊現象が起きた結果、明日香は霊感少女になってしまった——なんて展開を想像したんだけど、結局怖いことは何も起きなかったらしい。

「染図（しみず）君の好きな人を尋ねた時に十円玉は一応動いたけど、明らかに馬追さんが自分の名前の方へ寄せようと力を込めてたし」

佐咲さんはくすくすと笑った。

「へー。馬追さんって、そうなんだね」

「ふふ、内緒ね。とにかく、こっくりさんは無事終わったの。それで用紙を丸めてランドセルに入れて十円玉を財布に戻そうとした時、明日香さんが『こっくりさんで使った十円玉は、その日のうちに使わないと駄目なんだよ』って教えてくれた」

言われてみれば、そんなルールがあったような気もする。

このまま財布に戻してしまったらどの十円玉がこっくりさんで使用したものかわからなくなってしまうから、明日香は佐咲さんを止めたみたい。

「紗東さんは、財布から自分の十円玉を取り出して『アタシ、あとでお菓子買いに行くから交換しよう』って提案してくれたの。でも、私もすぐに使う予定があったから断った」

「その十円玉を使って、何を買ったの？」

「お高いやつ。あれ、好きなんだよね」

ということとは、あの自販機の中には降霊術に使われたいわく付きの十円玉があるということ。私はちょっと気味が悪くなった。

佐咲さんは「問題は、ここから」となぜか身を乗り出して声を潜める。

「次の日の体育は外でドッジボールだったんだけど、紗東さんはハラハラした様子でずっとグラウンドの金網の向こう側を気にしてたの。野良犬でもいるのかなと思って私も見てみたんだけど、そこにいたのは校門の外で自販機を使ってるおじさんだけ」

「何だろうね。知ってる人だったのかな？」

「違うの。紗東さんが気にかけていたのは、おじさんじゃなくて自販機の方」

「何でわかるの？」

「その日の放課後、ちょっとした事件があったから」

事件。その物騒な言葉は、私の心をざわつかせた。寡黙なイメージしかなかった佐咲さんは、未だ聞きなれないその可愛らしい声で事件の詳細を語ってくれる。

「私が帰ろうとした時、自販機の前に立つ紗東さんの姿が見えたの。彼女の足元には、すでに五本もお高いやつが置かれていた」

「そんなにっ!?」

明日香が無駄遣いをしないことは、私が一番よく知っている。節約のためなら遠足のおやつも我慢できる筋金入りだ。そんなあの子が、お高いやつを五本も一気に買うなんておかしい。

「変に思って観察してると、紗東さんはお金を自販機に入れてボタンを押した。出てきたのは、またお高いやつ。お釣りを取り出して枚数を確認すると、またお金を自販機に入れた」

「買ったのは、またお高いやつ？」

「そう。紗東さんは取り出したお高いやつを地面に置くと、釣り銭口から小銭を回収して枚数を確認してって動きを繰り返して……なんと十本も買ったの」

にわかに信じられない話だけれど、思い当たる節はあった。佐咲さんに事件の日を尋ねると、明日香からお高いやつを貰った日と合致している。

「その様子を見て、不審に思った先生が止めに入ったの。それがなかったら、もっと買ってたと思う」

「そんなにいっぱい……何で？」

「わからない。でも、望んで買ってたわけじゃないと思うよ」

佐咲さんはそこで少し間を置いた。

「紗東さん、途中から泣いてたもの」

明日香が――私の親友が、泣いていた。

それを淡々と話す佐咲さんに、私は腹立たしさを覚える。でも、それは筋違いだ。だって、私がその場にいればきっと明日香の力になることができたんだから。

「……明日香、私に自分が霊感とか持ってたとしても仲良くしてくれる？　って言ってた。皆にそう疑われてるってこと？」

佐咲さんは、こくりと頷く。

「次の日、四篠先生は朝のホームルームでこの話をしたの。抱えきれないほどのジュースを買いながら泣いている紗東さんを見て、誰かにいじめでやらされていると思ったのね。だから、犯人探しをしようとした」

先生がそう考えるのも、無理はない奇行だと私も思う。先生もこれ以上不登校になる児童を――私みたいなのを増やさないために、出る芽は早めに摘んでおこうと考えたんだろう。でもそれは――。

「紗東さんは、最後まで黙って俯いているだけだった。結局名乗り出る人は誰もいなくて、クラス内には彼女が妙な行動をしていたという情報だけが残った。噂の的になるのは、当然じゃないかな」

「でも、どうしてそれが霊感に繋がるの？」

「私がこっくりさんで使った十円玉を、あの自販機で使ったから。それでその自販機の前でおかしな行動を取った紗東さんはこっくりさんに憑かれてるんじゃないかって話になって……だから、私も責任を感じているの」

　話が一区切りついたところで、私はふと明日香が今日欠席だったことを思い出す。

「もしかして、明日香が今日休みなのは不登校の始まりなんじゃない!?」

「先生は風邪だって言ってたけど……」

　実際のところは、わからない。私だって、最初は仮病を使って休みがちになるのを経て、今の状態になっているんだから。

　佐咲さんは「じゃあ、そろそろ帰るね」と立ち上がる。見送りに玄関まで降りると、彼女は靴を履きながら私に尋ねてきた。

「寿々木さんは、もう学校に来る気はないの？」

　あまりにもストレートな質問。そんなの、答えられるはずがない。

「……わかんないよ」

「あんなにいっぱいお友達がいるのに、そんなに学校が怖いの？」

「怖いよ……誰が何をどう考えてるかなんて、わかんないもん」

皆、内心では私をチビだって馬鹿にしてるかもしれない。今目の前にいる佐咲さんだってそうだ。嫌な思いをしに毎日通うなんて、そんなのおかしい。

「そう」

靴を履き終えた佐咲さんは、ドアを押し開けてから振り返る。そして、

「贅沢だね」

辛辣な置き土産を残して、ガチャリとドアが閉まる。

一人きりとなった玄関には、彼女の捨て台詞が重苦しく漂っていた。

☒☒☒

私の嫌な予感は、翌日の放課後、明日香が来たことによって吹き飛ばされた。

玄関で「よっ！」と挨拶する彼女を見て、私は足の力が抜けてへなへなとその場に座り込んでしまう。

「昨日は来られなくてごめんね！　ちょっと熱があってさ」

どうやら、本当に風邪だったみたい。代わりに佐咲さんがプリントを届けに来てく

れたことを伝えると、明日香の表情に困惑の色が浮かぶ。

本心を言えば、明日香に尋ねたかった。本当にこっくりさんに取り憑かれたのか。お高いやつを大量に買っていたのには、何か別の理由があるんじゃないのか。

でも、触れてくれるなと言わんばかりに無関係な話題を話し続ける彼女を前に、尋ねる勇気は出てこなかった。

自力では解けず、本人にも訊けない。両親にこの話をすれば、明日香の親や学校と連絡を取り、事態が大きくなってしまう可能性がある。友達に相談しようにも、私はこの通り不登校……。頼れる相手は、一人しかいない。

明日香が帰ってから、私は早速あっくんへの手紙を書くためペンを握った。

佐咲さんから聞いた話を中心になるべく細かく書き連ねた結果、便箋十枚の超大作が出来上がる。それをどうにか桜色の封筒に押し込んで、ポストに投函した。

文通とは、待つ時間も楽しいものだと四篠先生は言っていた。でも、今回ばかりはあっくんからの返事が早く来てほしいと願わずにいられない。

神社にお参りでもするように、私は真っ赤なポストの前で両手を合わせた。

ちょうど一週間後の、午後三時半過ぎ。郵便屋さんのバイクの音を聞いた私は、階段を駆け下り玄関から外へ飛び出す。

ヘルメット姿のおじさんは、にこやかに「はい、どうぞ」と私へ郵便物を手渡してくれた。携帯電話料金の請求書に、クリーニング屋の広告ハガキ。その後ろに隠れるようにして、見慣れたツバメ文通からの封筒が顔を覗かせていた。

その他の郵便物を全て食卓に放り投げると、私は自室に戻って机に座り、手紙の封を解いた。

多少よくはなってきたけれど、まだまだミミズと呼ぶのがお似合いの字で書かれたあっくんからの手紙にじっくりと目を通していく。

チカさまへ

テガミを、よませてもらった。こっくりさんというのは、はじめてきいた。みょうな、アソビがあるんだな。

初めて聞いたというのも珍しい。でも、私だって実際にやったことはないし、昔の流行だから知らなくてもべつに不思議なことじゃないのかな。

きづいた、ことはいくつかある。まずジュースのかいかた、がおかしい。カネをいれてジュースを、かいおつりをとるというどうさをくりかえしていた、というがカネがこまかくなるにつれておつりは、なくなるはずだろう。

相変わらず、読点の位置が変。暗号のような文面を頭の中で漢字に変換しながら読み進めていき、途中であっくんの指摘にハッとなった。

仮に明日香が、一本目のお高いやつを買う時に自販機に入る金額で一番高い千円札を入れていたとしよう。お高いやつは一本百十円だから、お釣りは八百九十円。これなら、次買う時にはお釣りなしで買うことができる。

もちろん、他の小銭を使って購入していたとも考えられるけど、明日香が買った本数は十本だ。お釣りがいらなくなるタイミングは、必ず訪れる。

なのに、佐咲さん曰く彼女はジュースを買ってお釣りを取り出す行動を十本目まで繰り返していた。

アスカはサイフのなかをコゼニ、でみたしたかったのか？　わざわざサイフをおもくしたい、ヒトもいないだろう。では、おおきなカネ、をこまかくくずしたかったのか？　これももっとかしこいやりかた、があるはずだ。

コンビニで安い駄菓子をお札で買うとか、たしかにもっと賢い両替方法はいくらでもありそうだ。

アスカがその、ジハンキにしゅうちゃくするようになったきっかけは、そのジュウエンダマがジハンキにつかわれたから。おくそくでしかないがそのジュウエン、コウカだからほしがっているのではないか？

やっぱり、こっくりさんで使った十円硬貨だから明日香が執着してるってあっくんも思ってるみたい。

そう考えれば、あんな行動も納得できる。佐咲さん自身も、例の十円玉を使ってあの自販機でお高いやつを買ったと言っていた。明日香は、お釣りとしてその十円玉を取り出そうとしていたんだ。

あっくんからの手紙は、こう締め括られている。

まえにキミがテガミにかいていたアサのツキについてしらべて、みた。あのカンジ、にはキミのいうとおり、クサやキのあいだからのぼるタイヨウとはんたいがわにうかぶツキをあらわしているというせつもある。だが、フネというカンジがへんかしてツキというカタチになったというせつ、もあるそうだ。みたままのスガタが、ただしいとはかぎらないものだな。


内心疑いながら、私は漢和辞典を引っ張り出して『朝』の項目を調べる。

あっくんの言う通り、朝の月は『ふなづき』という『舟』の字から変化したものに該当するようだった。

日にもよるけど、朝の空には月が浮かんでいることから、私はてっきり朝の『月』はお月様で間違いないと思っていた。色んな説があるんだな。

調べればこんなに簡単にわかることなのに、決めつけで物事を考えちゃいけない。

一人反省しながら、私はあっくんの手紙を読み返す。

「――あっ」

そして、自分の先入観に気づいた。

あっくんは、きちんと答えを書いてくれていた。

時計を確認する。時刻は午後三時四十分。本日最後の授業が終わる頃合い。私は手早く着替えて階段を駆け下り、ほぼぶつかるような勢いで玄関ドアの取っ手を摑む。

「知華！　どこへ行くの!?」

お母さんが素っ頓狂な声を上げて、キッチンから顔を出した。時間のない私は、振り返らず答える。

「学校だよ！」

走り始めてすぐに、私の体は悲鳴を上げ始める。

運動不足もそうだけど、何よりも暑さが身に堪えた。私が引きこもっているうちに、季節はすっかり夏になっていたらしい。

汗でべたついたシャツが体に貼りつき、不快な熱風が頰を撫でていく。

私は、走るのが苦手だ。世の中には自転車や車、電車に飛行機と速く移動できる手段がいくらでもある。

ちっぽけな一人の人間が速く走る必要なんてないと思っていた。でも——。

はっはっはっと一定のリズムを刻む呼吸。奥へ奥へとかき分けるように動く両腕。余計なことを考える余裕のなくなった頭の中から、不要なものがボトボトと零れ落ちていく。学校へ向かっているんだという不安も、いじめに対する恐怖も。

下り坂、やや斜めに立っているカーブミラーを左折する時、私は減速できずに転倒した。

痛みからして、多分膝を擦り剝いている。でも、確認せずに地を蹴った。今止まることで戻ってくる不安や恐怖の方が、ケガなんかよりもずっと怖い。

前傾姿勢で街を駆け抜け、古びたポストも、お昼寝している猫も、庭先を掃除するおばあさんも、全てを置き去りにする。

今この瞬間、間違いなく私は私史上一番速かった。

「ハァ……ハァ……ハァ……」

急な全力疾走に、鈍った体がついてこられるはずもない。

校門の前まで来たけれど、疲れを通り越してしまった私は門柱に寄りかかるようにして座り込む。下校する下級生達が、私に訝しげな目を向けながら次々と通り過ぎて行った。

全身が酸素を求めている。深呼吸で取り込みたいけれど、どう頑張っても少しずつしか息を吸えないもどかしさ。汗だくの体は気持ち悪いし、喉だってカラッカラ。

「嘘……知華っ!?」

その時、校舎の方から駆けてきたのは明日香だった。

もう少し到着が遅かったら、すれ違いになっていたかもしれない。バテバテな私の様子を見た彼女は、すぐにオレンジの水筒を取り出して冷たい麦茶を注いだカップを差し出した。

こんなに美味しい麦茶を飲んだのは、生まれて初めてだった。

私が落ち着くのを待ってから、明日香は嬉しそうに顔を綻ばせた。

「よかった。これからまた学校に来てくれるんだよね？」

「えっと、それは一旦置いといて」私は目的を告げる。「どうしても、明日香と今ここで話したいことがあったから走って来たの」

明日香はキョトンとした表情で、水筒をしまう手を止めた。

「私に話？」

「うん。明日香さ、今クラスで霊感があるって思われてるんでしょ？　佐咲さんから聞いたよ」

私が来た目的を知ると、彼女は気まずそうに視線を泳がせた。きっと、隠し通したいことだったんだろう。理由はもちろん、私に心配をかけないため。

その気持ちに嬉しさと同時に、少し腹立たしさも感じた。

「明日香がこっくりさんで使われた十円玉を、あの自販機の中から取り出そうとしてたのも知ってる」

道路を挟んですぐそこにある自販機を指さしながら言うと、彼女は逃げ切るのは無理と踏んで、ようやく視線を私と合わせた。

「……そう。私はこっくりさんに魅入られて、どうしてもあの十円玉が欲しかったからジュースを何本も買って、お釣りをたくさん取り出していたの」

「下手な嘘つかないで。守銭奴の明日香が、お化け程度に屈服して無駄遣いするなんてあり得ない。明日香がお金を使ったのは、その十円玉には少なくともジュース十本分以上の価値があると思ったからでしょ?」

『朝』という漢字に含まれる『月』が空に残る月ではなく『舟』を示している説と同じように、先入観に身を預けた結果真実を見落としてしまうことは、きっと珍しくない。

　あっくんは、答えを示していた。私は彼の『舟』に気づくことができた。

「こっくりさんで使われた十円玉って、レア硬貨だったんじゃないの?」

突きつけられた解答に、明日香は目を見開くと、深い溜息と共に大きく項垂れた。

　あっくんの手紙には、こうあった。『おくそくでしかないがそのジュウエン、コウカだからほしがっているのではないか?』と。

　相変わらずひらがなとカタカナばかりで、読点のおかしな文章。

　私はそれを勝手に『十円、硬貨だから』と解釈していた。でも、少し前の文章で彼は『ジュウエンダマ』と表記している。だったら、当てはまる漢字はもう一つある。

『十円、高価だから』だ。

十円は十円で、百円は百円。お金の価値は、どれも一律——というわけじゃない。

どんなものにも熱狂的なマニアがいるもので、弾かれずに出荷されてしまったエラー品や製造ナンバーがゾロ目のお札。作られた枚数が極端に少ない年の硬貨など、希少性で金額以上の価値を持つものがある。……って、前にテレビで観たことがあった。

地面を見つめていた明日香は、やがて観念したように顔を上げて、ぼつぼつと話し始めた。

「……前に募金やって、私が集計係で小銭を数えたって話したの覚えてる？」

「うん」

「私が集計係に立候補したのって、ちょっと前にテレビで高値のつく硬貨の特集コーナーを観たからなの」

多分、私が観たのと同じ番組だ。それで集計した時、肩や腕じゃなくて『目が疲れた』って言ってたのか。

「でもね、結局レア硬貨は見つからなかった。募金で集めたくらいじゃ見つからないよねーって、その時は諦めたの。レア硬貨のことをまた思い出したのは、こっくりさんに誘われた時だった」

怖がりなはずの明日香が、こっくりさんに加わった理由。それは、佐咲さんの十円玉が一目でわかる特徴を持つレア硬貨だったから。

「一見普通の十円玉なんだけど、平等院鳳凰堂のデザインが一部消えてた。製造ミスに気づかずそのまま出荷された、エラーコインってやつだと思う」

「それって、いくらくらいの価値があるの？」

「詳しくはわからないけど、テレビでは穴のズレた五円玉が数万円になったりしてたから」

　それは私も夢のある話だと思った。

「だから明日香は、こっくりさんに使った十円玉はその日のうちに手放さないといけないことを伝えて、自分が代わりに使ってあげると十円玉の交換を名乗り出たんだね」

「そこまで知られちゃってるのかぁ。……うん、そうだよ。でも佐咲さんに断られちゃって、数万円の価値があるかもしれない十円玉は自販機の中。それを取り出すために、十円玉がなるべく多く出てくるようにお高いやつをたくさん買ってたってわけ」

　あの自販機は、お高いやつを除く商品は全て百円だから、お釣りで十円玉を出したいなら買う商品は一択だ。

「買っても買っても、全然出てこなくてさ。途中から惨めに思えてきて泣いちゃったら、四篠先生に見つかっていじめと間違われて、今じゃこっくりさんの十円玉に固執する霊感少女扱い」

これが、こっくりさん事件の真相だ。

明日香が霊感少女を否定しないのは、価値のある十円玉をこっそり取ろうとしていたとバレる方が、ずっと嫌だからだ。

「全く。守銭奴もほどほどにしないとね」

「反省してる……ごめんね、知華」

「私に謝られても」

「そうだよね。佐咲さんに、ちゃんと謝らないと」

まだ彼女は学校にいるんだろう。踵を返した明日香の腕を、私は「待って」と引き留める。

「佐咲さんとは私が話すから、明日香は今日のところは帰って」

「何で知華が話すの？　なら、私も一緒に」

「いいから」私は明日香の声を遮った。

納得してくれたとはとても言えない不満の表情を浮かべたまま、それでも明日香は私へ背を向けて「じゃあ、またね」と歩き出してくれた。

小さくなる親友の後ろ姿を見送りながら、私は胸に手を置き深呼吸する。

さあ、本番はここからだ。頑張れ私。

☒☒☒

「不登校はおしまい？」

校門で待ち続けること、十分。可愛らしい声に伏せていた顔を上げると、こちらに歩み寄ってくる佐咲さんの姿があった。

長い黒髪にスラリと伸びた肢体。妖艶に微笑むその顔からは、たしかな色香が感じられた。

私は背を預けていた門柱から身を起こして、彼女の前に立つ。

「おしまいかどうかは、正直まだわかんない。でも、佐咲さんと話をしに来た」

「私と？　紗東さんじゃなくて？」

「明日香とはさっき話したよ。こっくりさん事件のこと、全部」

佐咲さんの瞳の奥が揺れた。でも、その僅かな心の動揺はスイッチでも切り替えたかのようにピタリと止まる。

彼女の表情から、温かさが失われていくのがわかった。

「明日香がこっくりさんの十円玉に執着してたのは、こっくりさんに取り憑かれたからじゃない。佐咲さんがこっくりさんで使ったあの十円玉が、価値のあるレア硬貨だったからだよ」

「へえ、あの十円玉がね。それは驚き」

「惚けないで」私は彼女を睨みつけて「佐咲さんが仕組んだことなのは、わかってるんだから!」と叫ぶ。

正直、たじろぐことを期待していた。

でも佐咲さんは私の虚勢など意にも介さずに、温い風が乱す長髪を鬱陶しげに押さえている。

「そう考えるわけは?」

威嚇するのに夢中で、彼女の質問に対する反応が遅れてしまった。私は言葉につっかえながら、口火を切る。

「きっ、きっかけは、募金活動。明日香と同じく集計係だった佐咲さんなら、明日香が小銭を一枚一枚入念にチェックしている様子を見ていてもおかしくない。その理由がレア硬貨探しだってことも推測できるはず。だって、他に小銭を一枚一枚眺める理由なんてないんだから」

集計する日の少し前にテレビでレア硬貨特集をやっていたので、それを佐咲さんも観ていた可能性もある。

「そのことを知った私が、こっくりさんに誘うって名目でレアな十円玉を紗東さんに敢えて見せつけたって言いたいの？」

私が頷くと、佐咲さんは呆れるような溜息をつく。

「そんな希少な十円玉、私がどうやって手に入れたっていうの？」

「募金の集計中に見つけたか、もしくはネットオークションとかで競り落としたか」

「興味のない十円玉一枚に何倍もの値段を出すなんてこと、私はしない。募金の集計で見つけたなんてのも、都合のいい考え方ね。見つからないからこそレアなんだから」

もっともな反論だと思う。――私が期待したものだ。

「うん。だから佐咲さんは、エラーコインを偽造したんじゃないの？」

自作や手作りではなく、敢えて『偽造』という重い響きの言葉を選んだ。

ここで焦った顔の一つでも見せて貰えれば自分の考えに確信が持てたんだけど、彼女はクールな表情を崩さない。私はたたみかける。

「明日香から聞いた特徴は、平等院鳳凰堂の一部が消えているというもの。デザインの追加や金属の加工には技術が必要だろうけど、デザインの一部を消すだけなら不可能じゃない。地道にヤスリをかければいいだけなんだから」

「そんなこと素人がやったって、削った跡で丸わかりなんじゃないの？」

「明日香は鑑定のプロじゃないし、十円玉を手に取って明るい場所でまじまじと確認したわけでもない。こっくりさんを始める時だって、用意した佐咲さんが裏面を表にして置けば明日香に入念なチェックをさせずに済む。だから、一目でエラーコインかもと思わせることさえできればそれで十分だった」

腕を組んだ彼女は、馬鹿馬鹿しいと言わんばかりに鼻先で笑う。

「それも憶測。こういうのは、明確な証拠がないと駄目でしょ？」

それはそうだ。警察だって、証拠がなければ逮捕できない。そしてもちろん、引きこもり中の私が現場で決定的な証拠を押さえているわけもない。

――でも、思い当たる節はある。

「自販機の小銭ってさ、入れても釣り銭口から戻ってきちゃうことって結構あるよね？　私には自販機の中の仕組みなんて見当もつかないけど、あの中には偽造硬貨の使用を防ぐために、小銭をきちんと認識するシステムが組み込まれてるはず」

「……何が言いたいの？」

「エラーコインってさ、自販機じゃ使えないと思うの。だから、例の十円玉は自販機の中にはないはず。それなのに佐咲さんが『自販機で使った』って嘘をつく理由って、何？」

佐咲さんの口元が歪んだのを、私は見逃さなかった。

削った十円玉が使えない以上、まだ彼女の財布の中に残っているかもしれないとも考えたけれど、それはさすがに不用心すぎる。

コンビニやスーパーなら小銭を自動集計するタイプのレジスターじゃない限りは問題なく使えてしまうだろうし、もう手放している可能性の方が高いと思った。

「佐咲さんには、明日香に例の十円玉が自販機の中にあると思い込んでほしい理由があった。そこにエラーコインが入っていると錯覚させられたら、明日香は意地でもそれを取り出そうとすると知っていたから」

明日香の守銭奴は有名だ。価値があるものだと思わせさえすれば、彼女の行動は予測できたはず。

「紗東さんを霊感少女にして、私に何の得があるの？」

私の知る限り、明日香と佐咲さんに接点はほぼない。遊ぶどころか話したことすら数えるほどだと思う。だから、佐咲さんが明日香に恨みを持っていたとは考えにくい。

でも、だからこそなんだ。

「得なら、あるよ」

私は声を振り絞り「私がいなくなった後のいじめの標的を、明日香に向けたかったからでしょ」と言い切った。

佐咲さんは、否定しない。照りつける熱い日差しなど意にも返さず、尚も涼しい顔を続けている。だけど、唇は微かに震えていた。

私がこの考えに行き着いたのは、私自身がいじめられっ子だから。いじめのきっかけが、周りと異なる部分がどれだけ目立つかだったということを、私は身を以て知っている。

私は背が低いから、他の子よりも子どもっぽいからいじめられた。だったら、逆もまた起こり得る。クラス内に留まらず四年生の中で一番背が高く、大人っぽい佐咲さんが次のいじめの対象になっても、何もおかしくない。

だから、佐咲さんは偽造コインを自販機に入れたと思わせて、それを明日香に取り出させようとした。

これでこっくりさんに操られた霊感少女の出来上がり。話題性も後押しして、いじめっ子の目は自ずと明日香に集まる。

私が学校に行かなくなって、約五か月。その間佐咲さんに実際危機を感じるような体験があったのか、それともただの自己防衛策なのかはわからない。

でも、やったことは絶対に間違っている。

「……身の安全のために紗東さんを利用した私が許せない？」

「当然でしょ！」

「自分を守るために引きこもってる寿々木さんに、私を否定する資格はあるの？」

「……っ！」

悔しいけれど、言い返せなかった。

それに関しては、間違っていない。私は明日香が苦しんでいることを知った後も、学校を休み続けていた。

「……私には、そんな資格ないよ。何をどう取り繕ったって、学校から逃げ出した弱虫な卑怯者だもん。でも、友達が佐咲さんのやったことを解き明かしてくれた時、じっとしていられなくなった。背中を押されたような気がしたの」

顔も声も知らない、私の友達。知っているのは、汚い字を書くことくらい。

でも、彼のその文字の一字一句の積み重ねが、この場所に向かう勇気をくれた。だから私は、決意を言ってのける。

「私、明日から学校に来るよ。もう逃げない。男子達にも、ちゃんと言い返してやる！」

それに「よく言った！」と威勢のいい声を上げたのは、佐咲さんじゃない。先に帰ったはずの明日香だった。

「あっ、明日香っ！　何でいるの!?」

「そりゃあ、あんな思い詰めた顔で先に帰れなんて言われたら、気になって帰れるわけないでしょ」

明日香は、涼しい顔で佇む佐咲さんへと目を向ける。

このまま摑みかかるんじゃないかという一触即発の雰囲気にあわあわする私とは裏腹に、明日香は深く頭を下げた。

「佐咲さん、ごめん。私、佐咲さんのエラーコインをこっそり自分のものにしようとしてた」

「……何で紗東さんが謝るの？　今の話、全部聞いていたんでしょ？」

「うん。でも、エラーコインが偽物で佐咲さんが私を嵌めたんだとしても、欲に目がくらんだ私が悪いことに変わりはないから。だから、今回はお互いに恨みっこなしってことで」

それはまあ、その通りだと思う。佐咲さんのやり方は気に入らないけれど、明日香だって悪いところがなかったわけじゃない。

恨みっこなしという着地点に、佐咲さんも異論はないようだった。「わかった」と短く答えると、彼女の流し目が見つめる対象は私へと移る。

「寿々木さん、明日から本当に学校に来るの？」

「うん」

間髪容れずに答えると、佐咲さんは「そう」と静かに呟いて踵を返した。

去り際の一瞬――その表情が、とても寂しそうに見えた気がした。

☒☒☒

現在私が通っている高校は当時の小学校と隣接しているので、母校の前を通っても特別懐かしさを感じることはない。

朝練に向かう途中、小学校の校門前で足を止めた。その対面にあったはずの自販機はもう撤去されていて、今となっては痕跡すらない。

「先生が私に手紙なんて書かせるから、嫌なこと思い出しちゃったじゃん」

文句を自販機の跡地に落として、私は高校の方へと歩き出す。そう。あっくんとの数多くの手紙のやり取りは、私にとって——苦い記憶になっている。

彼には本当にお世話になったと思っている。十円玉の事件の解決後も、学校へ復帰した私の悩みなんかをよく聞いて貰っていたし。

あっくんもあっくんで、私の復帰が刺激になったのかはわからないけれど、少しずつ手紙に漢字を加えるようになっていった。

下手くそな字も次第に整っていき、一年くらい経った頃には別人が書いたような字になっていたっけ。

そんな私達の関係は、丸二年が経過した六年生の春にパタリと途絶えることになる。

給食に好物が出たこと。今度明日香の家族と遊園地に行くこと。陸上競技に興味を持ち始めたこと。

いつものように私の日常を書き連ねた手紙の返事は、待てど暮らせど届かなかった。

何か気に障るようなことを書いてしまったのかもしれない。そう思った私は、一か月後に今後も文通を続けたいという願いを綴った手紙を投函した。

その後ツバメ文通から届いた封筒に私は飛び跳ねて喜んだけれど、中身は望んでいたものじゃなかった。


お客様が文通しておりました『あ』様は、退会いたしました。


そんな運営からの短いメッセージと共に、中には私が送った手紙がそのまま封入されていた。朝まで号泣して目を真っ赤に腫らせたことを、今でもよく覚えている。

当時はわからなかったけれど、今にして思えば退会の理由なんていくらでも思いつく。

あっくんにとって私は所詮その程度の存在だったということ。

結局、文字だけじゃ人と人とはわかり合えない。だから私は、SNSが嫌い。手紙が嫌い。

――漢字なんて、大嫌い。

五話 あの時、私が笑ったから

楽しくないのに、口の両端が吊り上がる。

嬉しくないのに、アハハと声が出る。

周りも笑顔に包まれていて、愉快な時間が流れているはずなのに——心は、氷のように冷えきっていた。

気持ちが悪い。吐き気がする。でも、私はその輪の中の一員。そのことが嫌で、辛くて、悲しくて——。

目が覚めると、酷く汗を掻いていた。たしかに昨晩は熱帯夜だったけれど、それにしたってちょっと尋常じゃない。

「……シャワー浴びよ」

着替えを手に部屋を出る。

ふと何か嫌な夢を見ていたような気がしたけれど、その内容を思い出すことは叶わなかった。

☒☒☒

「教えてくれ知華さん！　『草』という漢字には、『笑う』という意味が含まれているのか？」

夏休みが日に日に存在感を増していく、七月も半ばのこと。下足入れに手紙を投函するという、私が何度も拒んでいる方法で昼休みに呼び出されて、仕方なしに喫煙所跡地に出向くと、カンジ先生は飛びかかるような勢いで私に尋ねてきた。

「草が笑う？　ああ、ネットスラングのことですか」

「し、知っているのか!?」

「私は使いませんけど、一応は知ってますよ。ネット掲示板なんかでは、『笑う』を省略して小文字の『w』で表現しているんです。ローマ字の頭文字ですね。その形が地面から生えた草に見えるという理由で、そこから変化して『草』となったわけです。『草生える』と言えば、『それは笑えるね』みたいな意味を持ちます」

いつも教えられてばかりの先生に知識を伝授できるのは、何だかちょっと気分がいい。鼻を高くしている私を余所に、先生は膝から頽れて両手を地についた。

「文字の持つ意味が時代と共に移り変わるものだということは知っている。漢和辞典の情報が歴史ある漢字の過去現在未来に至るまでの全てを網羅しているとは思っていない。しかし、まさか、僕の知らないところで草という漢字にこんな変化が訪れていたとは！」

先生は白いワイシャツを脱ぎ捨てて天を仰ぎ、感嘆の声を上げる。

インナーシャツの胸の辺りには、お馴染みの漢字プリントで『驚愕』と書かれていた。何だか、お笑い芸人のコントの一幕みたいだ。

　私は呆れ顔でベンチに腰を落ち着けて、パックの牛乳にストローを挿した。

「そんな古い情報に、今更驚かないでくださいよ」

「これが驚かずにいられるか！　現存する漢字に全く新しい意味が定着するということが、どれだけ難しく険しい道のりだと思っている⁉」

「うるさいなぁ、もう。あ、一応言っときますけど、ネットスラングは現実世界で使うと白い目で見られがちなので、使わないことをお勧めします」

「なぜだ？　その意味と役割が定着した漢字の使い方をして、何が悪い。僕は臆せず使うぞ。そうだな。手始めに今日の職員会議で、校長が得意の親父ギャグを披露した時に使おう」

　状況を想像すると、それこそ草が生えた。

「……先生って、ネットに疎いんですね」

「べつに疎いわけではない。きちんと活用している。ただ、キミと同じで匿名掲示板やSNSの類があまり得意ではないのだ」

　私がSNSが苦手な理由――それは、あっくんとの文通が途絶えたことで文字だけを介して繋がる人間関係にトラウマを持っているから。

「先生は、何で苦手なんですか？」

「どいつもこいつも、漢字の使い方がなっていないからだ」

返ってきたのは、予想を裏切らない理由だった。

「匿名であるのをいいことに、『死ね』だの『殺す』などといった文字のオンパレード。『死』とは、避けられぬ最後に敬意を込めて与えられた漢字だ。『殺』とは、生きるうえで動植物の命をいただく様子を表したものだ。強い言葉とは、力を持つ漢字とは、大した目的もなく書かれていいものではない」

文字や言葉の暴力が与える精神的な苦痛は、いじめられっ子時代に嫌というほど経験している。だから、先生のその考え方には手放しで賛同した。

文字や言葉を操るのであれば、それ相応の責任を持つべきだ。自身の欲求を満たすためだけに匿名で暴力的な文字を投げつけるなんて、最低だと私も思う。

「まあ、知らない人相手に怒っても仕方ないです。それより、ご飯食べないと昼休みが終わっちゃいますよ」

「む……それもそうだな」

先生は私の隣に座り、コンビニのポリ袋から野菜ジュースと二つ入りのサンドイッチを取り出す。

たまにこうして一緒に昼食を食べるのだけれど、彼は小食だ。そのスリムな体型は、あまり量を食べないからこそなんだろうか。

　先生が咀嚼するレタスのシャキシャキという小気味よい音が収まるのを待ってから、私は「そういえば」と口を開く。

「先生に訊いてみたいことがあるんですけど」

「何だ？」

「この学校で私に似た生徒って、誰か心当たりありませんか？」

　妙な質問だと思ったんだろう。先生の眉間に皺がキュッと集まる。

「似ているというのは、性格か？　それとも容姿か？」

「容姿です」

「ふむ」

　そうして先生は、自身の顎に手を添えながら私の顔をまじまじと見る。

　何だかとっても恥ずかしい。でも、視線を逸らせば負けた気がするので、私は意地で先生と見つめ合った。

　一分近くが経過したところで、彼は「知らんな」と素っ気ない答えを落とす。目と目を合わせる時間の終了に安堵する一方で、毎日たくさんの生徒と向き合う教師でも心当たりがないことに落胆した。

「キミに似ている者が、この学校にいるのか？」

「はい。結構探したんですけど、見つからなくて。先生なら知ってるかもって……」

「何かわけありなら、話してみるといい」

先生なら、そう言ってくれると思っていた。

甘える前提で相談したみたいでちょっと情けないけれど、背に腹は代えられない。

私は彼に切り出した。

「先生は、ドッペルゲンガーって信じますか？」

⊠⊠⊠

今にして思えば、始まりは梅雨明けに言われた一言だった。

「寿々木さんって、一人でカラオケとか行くんだね」

クラスの女子に話しかけられて、私ははてと過去の記憶を振り返ってみる。だけど、最後にカラオケへ行ったのは去年の冬のはず。それも明日香と一緒だったし、そもそも今まで一人で行った記憶がない。

「行ってないよ？」と答えると、彼女は「そっか」と今一つ納得できないという顔で去っていく。

他人の空似だろうと、この時はまだ気にも留めていなかった。だけど、事態は私が思っているよりもずっと深刻化していく。

「昨日、ウメダ珈琲でチョコミントのパフェ食べてたよね？」

「ああいうB級ホラー映画が好きなんて、意外」

「服見に行くなら、私も誘ってよ」

日を追うごとに増えていく、身に覚えのない目撃談。

私はその度にきちんと否定するんだけど、皆今一つ呑み込めないというか、不服そうな表情を浮かべる。

どこの誰か知らないけれど、私とその人は相当見た目が似ているらしい。

そんなに似てるなら、ぜひとも一度会ってみたいな。そんなふうに考えたのが、いけなかったのかもしれない。

「知華、ひょっとして音楽室にいた？」

例によって、私は音楽室になんて行っていない。恐ろしいのは、この目撃談を話してきたのが明日香だということ。毎日顔を合わせている親友をも欺けるレベルで似ている人物が、校内にいる。

ここまで来て初めて、得体の知れない気味の悪さが私の全身を駆け巡った。

「なるほど。それでドッペルゲンガーということか」

ここまでの話を聞き終えた先生が、納得いったという様子で呟いた。

ドッペルゲンガー。それは自分と全く同じ姿形の人間で——出会うと、死んでしまうとされている。

「それまでの目撃場所は、全て街中でした。毎日たくさんの人が行き交う街でなら、たまたま似ている人がいたって不思議じゃない。でも、校内にいるとなると話が違ってきます」

「それで僕に尋ねたのか」

私は力なく頷いた。やっぱり、先生も知らないらしい。まあ、そんなに私に似ている生徒がいるのなら、当の昔にその噂が届いているはずだもんね。

「学校中を駆け回って、自力で探せる限りは探してみたんですよ。私と見間違えたとなれば、一つだけ外せない特徴がありますし」

「身長か」

「即答すんなっ！」

悔しいけれど、正解。身長は厚底の靴などで伸ばすことはできても、縮めることはできない。だからこそ、怪しい人物を選別するのは難しくなかった。

既に全ての学年の各クラスを巡り、私と体型や身長が近い人はピックアップ済み。

「一年二組の尾杭さんに、二年三組の名飼さん。あとは二年五組の園堂さん。私と背格好が近いのは、この三人くらいです」

「彼女らとキミとの接点は？」

「ないですね。あと、私と同じショートヘアの子は一人もいませんでしたよ。尾杭さんはボブで、名飼さんはロングのストレート。園堂さんに至っては、茶色に染めてました」

自身の髪を指先でくるくるしながら説明すると、先生は「髪形くらいなら、カツラでどうにでもなるかもしれんがな」と意見を挟んだ。

「だけど、そこまでするなら意図的ですよね？　知らないうちに恨みを買っていて、私を装い悪事を働いてやろうということなら困りますけど、今のところはそういうわけでもないみたいですし。目的が全くわかりません」

「まあ、本当にカツラを使用していたとしても、そう簡単に自身を知華さんだと思わせることは難しいだろう。大前提として、顔が違うのだから」

それはそうだ。後ろ姿が似ていても、それだけで知人だと決めつけて話しかける勇気は少なくとも私にはない。相手が自分の知る人物だと確信する決定打は、やっぱり顔を確認すること。

となると、三人共違うことになる。でも、ドッペルゲンガーは校内に現れているわけで。考えれば考えるほど、その正体はお化けの類に近づいていく気がして、背筋に冷たいものを感じずにはいられない。

「仕方ない」先生は提案する。「次の日曜は、部活を休め。一緒に街へ出るぞ」

カラオケに映画館に喫茶店と、ドッペルゲンガーの目撃例はたしかに街中で頻発している。正体を確かめるのであれば、直接対峙するのが最も確実だろう。

そのために、先生は休日を割いて私と二人で街に繰り出してくれるというのだ。でもそれって……いわゆるデートでは？

「どうした、知華さん？」

「あっ、えっ？　べ、べつにどうもしてないですけどっ!?」

「ならば次の日曜、駅前の広場へ朝九時に集合だ」

そんなわけで、急遽人生初のデートが決まってしまった。

☒☒☒

あっという間に日曜日。

鏡の前で何を着ていくか迷っているうちに、家を出る時間は過ぎてしまった。せっかくセットした髪を乱しながら走る私が駅前の広場に駆け込むと、何をイメージしたのか見当もつかない謎のモニュメントの前で既にカンジ先生が待っている。

無地だけど味のある淡い藍色をしたTシャツに、黒のスキニーパンツ。足元は、動き回ることを想定してか有名スポーツブランドのスニーカーを履いていた。

顔のよさや恵まれたスタイルのおかげで、シンプルな着こなしでもまるでファッション雑誌の一ページのよう。読んでいる本が漢和辞典なのが、とても残念だけど。

「すみません！　遅れましたっ！」

開口一番に謝ると、先生は辞典をパタンと閉じてこちらに視線を向ける。そして「キミは本当に走るのが好きだな」と口元を緩めた。

私は駅舎のガラスに反射して映る自分の姿を見て落胆する。髪は跳ねて、顔には汗が滲み、服にも皺が寄っている。遅刻するほど悩んだビタミンカラーの夏コーデが、すっかり台無しになっていた。

途端に恥ずかしくなり、私は手櫛で髪を整えながら、穴があったら入りたいと縮こまる。

「べつに気にしなくていい。知華さんらしくて、実に素敵だ」

先生はそう言ってくれたけど、口元はニヤついたままなので褒められているのか馬鹿にされているのか判別できなかった。

「さて、どこから行こうか？」

気を取り直して、今日巡るのはドッペルゲンガーが現れたと思われる場所の数々。カラオケに喫茶店、そして映画館。まるで、定番のデートコース……じゃなくて、あくまでこれはドッペルゲンガー探し！

「知華さん？」

「はいっ！　あっ、えっと……じゃあ、映画館から行きましょう！」

「わかった。となると、こっちだな」

先生は、私のドキドキなどどこ吹く風といった様子。

スマホの地図アプリで映画館の場所を確認すると、その場でくるりと踵を返した。

それによって、彼が着ているTシャツの背中にデカデカと書かれている『忍者』という漢字が露になる。

無地じゃなかったんかい。胸の高鳴りが、急速に落ち着きを取り戻していく。

「どうかしたか？」

「何でもないです。行きましょう」

そうして、いざ始まってみれば、デート要素なんて欠片もなかった。

映画館に行っても中には入らず、ただ出入りする客を見張るだけ。鑑賞しながら人探しができるわけもないのだから、当然だけれど。やっていることは、警察や探偵がドラマとかでよくやってる張り込みのようだ。

「あんぱんと牛乳が欲しいですね」

「間抜けなことを言っていると、見落とすぞ」

「はいはい」

入っては出ていく老若男女をただ眺めていると、羊を数えているような気分になり眠たくなってくる。物陰から映画館の出入り口を見張っている私達もそこそこ目立つせいか、行き交う人々の視線を多少なり集めてしまっていた。

と思ったけど、違う。通り過ぎる女性達が目で追っているのは、先生だ。耳を澄ませば「見て、凄いイケメン」とか「隣は妹さんかな？」なんてヒソヒソ声が聞こえてくる。

すれ違う瞬間に先生の背中の『忍者』の字を見た途端、皆例外なくぎょっとした顔をするのが面白かった。

一時間近く粘ったけれど、結局それらしき人は現れなかった。

「そろそろ喫茶店へ移動するとしよう。熱中症で倒れては、元も子もない」

「同感です」

ということで、やってきたのは全国展開しているウメダ珈琲。温もりのある木の内装と、コーヒーとサンドイッチが美味しいことで有名だ。

ボックス席に対面で座り、先生はアイスコーヒー、私はミルクたっぷりのカフェオレを注文する。

「おー、生き返るな」

冷たいおしぼりで顔を拭いた先生が、恍惚とした表情で言った。

「それ、おじさんみたいですよ」

「僕の勝手だろう。それよりも……」

私と先生は、揃って店内を一通り見渡す。やや声が大きめな主婦の会合に、勉学に励む大学生風の女性。無心でパソコンを叩くスーツ姿の男性に、ニコニコ笑顔の親子連れ。

「いないようだな」

「そうみたいですね……あっ」

咄嗟に首を引っ込めた私は、地震でも起きたかのようにテーブルの下へ潜り込んだ。息を潜めていると、先生が怪訝な顔で覗き込んでくる。

「どうした。百円玉でも落ちていたのか？」

「違います！」私は極力声を抑えて「知り合いがいるんです！」と訴えた。

三つ先のボックス席に座っている、三人の客。うち二人は友達だけど、残りの一人が問題だった。艶のある綺麗な長い黒髪をした、モデル体型の女性。紛れもなく、同じクラスの佐咲さんだ。

何であの二人が佐咲さんとお茶してるの？　仲がいいなんて初耳だけど……。

「なるほど。瑠璃子さんか」と、こっそり確認した先生が呟く。生徒は必ず下の名前で呼ぶという先生のこだわりのおかげで、私は彼女が瑠璃子という名前だったことを久しぶりに思い出した気がした。

「なぜ隠れる必要があるのだ？」

「休日に教師と生徒がデー……一緒にいるところを見られたらまずいでしょ！」

「事情を説明すればいい。クラスメイトなのだから、力になってくれるかもしれんぞ」

「そうかもしれませんけど……」

――先生がいてもいなくても、私はこうして身を隠していたんだろうな。

私は、佐咲さんが小学生の時に明日香を陥れようとしたことをまだ許せないでいる。当の昔に過ぎ去った、ましてや善悪の判断すらあやふやな子どもの時のことだ。いつまでも根に持っている私が間違っているのかもしれない。

「そういえば、キミは彼女のことが苦手だったな」

目立たないよう身を屈めた先生が、ぼそりと言葉を落とす。事情を理解してくれたことに安心してテーブルの下からモグラのようにひょっこりと顔を出したところで、ふと疑問に思う。

私、先生に佐咲さんが苦手なこと話したっけ？

尋ねようとしたところで、女性の店員さんがドリンクを運んできてくれた。

「お待たせしました。アイスコーヒーとカフェオレになります」

「ありがとう。ところで、少し尋ねたいのだが」

店員さんは、先生を前に心なしか顔が赤くなったように見えた。そんなことなどお構いなしに、彼は受け取ったストローで私の顔を指し示す。

「最近、彼女によく似た子がこの店に来なかったか？」

ヘンテコな質問にやや戸惑いながら、店員さんは私の顔をまじまじと見つめる。彼女はやがて首を捻ると「心当たりはないですね。すみません」と頭を下げて、支払いの伝票をテーブルに置き、去っていった。

「ここでも収穫はなさそうだな」

アイスコーヒーにストローを挿すと、先生はその中に溜息を落としてかき混ぜた。

「じゃあ、さっさと飲んで出ましょう」

「喫茶店でも忙しないなキミは」

だって、いつ佐咲さんにバレるか気が気じゃないんだもん。ストローを使わずカフェオレを直接呷りながら、私はこっそりと佐咲さんの方を窺う。彼女は、他の二人と楽しそうに談笑しているようだった。

小学校だけでなく、中学校でも佐咲さんは一匹狼だったような記憶がある。でも、寂しそうに見えたことはなかった。

だって彼女は美しく凜々しくて、一人が似合うから。その姿を遠目に見ると、群れなければ安心できない自分が時折情けなく思えた。

でも、そんな彼女にもどうやら友達ができたみたい。それはとてもいいことだと思うけれど、気になることが一つ。

佐咲さんが食べているのは——チョコミントのパフェだった。

目撃されたドッペルゲンガーがこの喫茶店で食べていたものも、チョコミントのパフェ。

だけど、私と佐咲さんでは似ても似つかない。整った容姿に、スラリと長い足。大人びた立ち居振る舞いも含めて、私なんかとは月とスッポンだ。

ああ、やっぱり羨ましいな。

⊠⊠⊠

その後はカラオケを見張りに行くことになったんだけど、ここで問題発生。カラオケは、近場に五店舗も存在したのだ。

「どの店で目撃したのかは訊いていないのか?」

「確認してみますね」

私はスマホを取り出して、カラオケでの目撃談を話してくれた子に『私がいたカラオケって、何ていう店だった？』とメッセージを送る。返事は、数分で届いた。

「ええとですね……『さぁ？』だそうです」

「どういうことだ？　目撃した以上、その子はカラオケにいたはずだろう。わからないはずがない」

「単純に忘れたんじゃないですか？　カラオケなんて正直歌えればどこの店でもいいですし、いつどこの店に入ったのかなんていちいち覚えてないのかも」

「しかし、五店舗も同時に見張ることはできないぞ」

先生の額から頬にかけて、汗が伝った。下手に喫茶店で冷房に当たったせいなのか、外がより暑く感じる。お互い口には出さないけれど、同じことを考えているのは何となくわかった。

この方法では、おそらくドッペルゲンガーは見つからない……。

「やり方を変えよう」

汗を手の甲で拭った先生が、諦めムードを打破するように提案した。

「妙案でもあるんですか？」

「案などないさ。解決とまではいかないだろうが、いつもの僕のやり方で試してみよう」

言って、彼は漢和辞典をさも当然のようにスッと取り出す。細身な体の一体どこにになる。

隠していたのだろう？　四次元に繋がるポケットの存在を、思わず信じてしまいそう

　私達は少しでも涼を取ろうと、街路樹の木陰へと移動した。しばし考えていた先生

は、彼の言うところの『漢字に呼ばれた』ようで、辞典に指を滑り込ませる。

　当然のように、一発で開かれる目的のページ。

　先生が指し示したのは『肖』という漢字だった。

「知華さん、この漢字の意味は知っているか？」

「えっと……不肖の『肖』ですね」

「そうだな。よく『不肖の息子』なんて言い方をしたりする。これには『親に似ず出

来損ない』というような意味がある。『不肖』が『似ない』の意味ならば、『肖』は

『似る』を意味している」

　いつものように、漢字の授業が始まる。炎天下で脳みそはオーバーヒート寸前だけ

ど、何とか頑張ってみよう。

「一方で『肖像画』は、そっくり似せて描くことが重要だ。この時の『肖』が持つ意

味は、『似る』ではなく『似せる』となる。ドッペルゲンガーが本当にいるのならば、

その子はどちらに分類されるのだろうな」

　つまりは、たまたま偶然似てしまっただけなのか。それとも――わざと私に似せて

いるのか。

「意図して似せているのだとするのなら、早めに止めた方がいいだろう」

「でも、悪さはしてないみたいですし」

「気楽に構えていてはいけない」

先生は、辞典を閉じて忠告する。

「何をしても自分がやったことと認識されないのならば、それは匿名ＳＮＳの負の部分と同じだ。悪意がいつまでも芽生えないなどと、楽観視してはいけない」

「うーん……そうですね」

頷きながらも、私は正直焦りなんてほとんど感じていなかった。

でも、先生の忠告は残念ながら僅か二日後に現実のものとなってしまう。

⊠⊠⊠

きっかけは、純の態度の違和感。

三角関係の一件がきっかけで、私は純の好きだったキャラが出てくる少年漫画を結局貸して貰った。結果ドハマりして一気に読破して以降、純と出会う度にその話題で盛り上がっていた。

一緒に部活前のストレッチをしている今もその話をしているのだけれど、何だか純の態度がよそよそしい。

「今日、元気ないね。何かあったの？」

「いや、ええとですね……」

言い淀んだ純は、やがて意を決したように尋ねてきた。

「知華先輩って……人をいじめたことがあるんですか？」

「……え？」

人をいじめた？　私が？　いや、堂々と言うことじゃないけれど、むしろ私は元いじめられっ子だ。

「そんなこと、誰が言ってたの？」

「友達から聞いたんです。私だって、そんなこと信じてませんよ？　でも……」

「でも、何？」

「……その子は、知華先輩自身がそう言っていたって」

間違いない――ドッペルゲンガーの仕業だ。

今回のは、今までの『遠目に見て私に似ている人の目撃談』という括りからは逸脱している。

私の顔で、私の声で、存在しない過去を捏造している。

　カンジ先生は言っていた。『肖』が偶然『似た』のではなく意図して『似せた』のであった場合は、気をつけなければならないと。

　ドッペルゲンガーは、どんな行動を取ってもその責任を全て私に押しつけることができる。秘められていた悪意は、唐突に私へ牙を剝いた。

「……他には、何か言ってなかった？」

「ええと、あくまでその友達が言うにはですけど、知華先輩は相手の名前を出して『この人をいじめたことがある』ってハッキリ言ってたそうです」

「その名前って、わかる？」

「友達は『ササキルリコって人じゃないか』って言ってましたけど……」

　──佐咲瑠璃子。年齢の割にはあまりにも大人びているあの妖艶な笑みが、私の頭の中で蘇る。

　こうなると、もう部活どころじゃない。

　動揺している様子の純に「今日部活休むね」と伝えると、私は部室に戻り鞄を引っ摑んで職員室へと向かった。

　廊下を駆け抜けて、職員室の戸を勢いよく開ける。すぐ傍にいた体育の樹朽先生が、「ひゃっ」と見た目に似つかわしくない可愛い悲鳴を小さく上げた。

「おお……寿々木か。乱暴に開けるな」

「すみません。カンジ……環先生いますか？」

「環先生？」

樹朽先生が目をやった先に、私も視線を移す。出入り口からほど近いその席は、もぬけの殻だった。

「席を外しているようだな……ってオイ！　寿々木！」

答えを待たずに、私は走り出す。後ろから「廊下を走るな！」というお馴染みの説教が響いた。

☒☒☒

裏口のドアを開けると、喫煙所跡地に設置されている腐りかけの木製ベンチに腰かけて辞典を読んでいる男性がいる。その後ろ姿は、すっかり見慣れたものだった。

「カンジ先生」

声をかけると、先生は「やあ、待っていたよ」と辞典を閉じる。

「待っていたって、私がここに来るのがわかっていたような口振りですね」

「生徒がキミについて気になる話をしていたのを耳にしたものでね」

それがドッペルゲンガーのいじめ告白であることは、訊くまでもなかった。違う学年の純の耳に届いている時点で予想はしていたけれど、その根も葉もない噂は校内で広まりつつあるみたい。

「私、佐咲さんをいじめたことなんてありませんっ！　むしろ私はいじめられていた側の人間なのに……」

「ああ、それはわかっている」

即答で味方になってくれるのは、本当に嬉しかった。

「ドッペルゲンガーは、やはり意図してキミに似せていた存在だったようだな」

「……一体、どこの誰なんでしょうか？　見た目に加えて声まで似てるなんて、そんなのいよいよお化けとしか言いようがありません」

「いいや、知華さん」先生は足を組み直す。「僕達は、考え方の前提を間違えていたんだ」

私に座るよう促すと、先生は改めて口を開く。

「これまで、ドッペルゲンガーの目撃者はキミに何と報告してきたか覚えているか？」

「ええと……最初は『一人でカラオケとか行くんだね』って言われました。他には『ウメダ珈琲でチョコミントのパフェ食べてたよね？』とか『ああいうB級ホラー映画が好きなんて、意外』とか『服見に行くなら、私も誘ってよ』って感じです。あと、

『ひょっとして音楽室にいた？』とも訊かれました」

「キミの『自分に似ている人がいる』という主張を鵜呑みにせず、別の可能性に目を向けるべきだった」

「どういう意味ですか？」

「おかしいと思わないか？」先生は訝しげに「目撃した子達は、なぜその場でキミに話しかけなかったのだ？」と尋ねた。

言われてみれば、その通りだった。

目撃談を話してくれたのは、全員顔馴染み。街でも校内でも、出会えば声をかけるのが普通だと思う。でも、皆見ているだけでドッペルゲンガーと接触を試みていない。

「一人カラオケや一人映画なら、声をかけづらいのは理解できます。服屋にいるのを目撃した子も、遠目に見つけただけで捕まえられなかったのかも。喫茶店や音楽室だって、外から窓越しに私の姿が見えただけだったなら、声をかけないのも納得できます」

「では、今回のいじめ告白はどうだ？」

そう。これだけは理解しがたい。

私が自分の口で佐咲さんのいじめを告白したことになっている。でも、見た目も声もそこまでそっくりに似せることなんて人間業じゃない。不可能だ。

「先生……間違っている前提って、一体何なんですか？」

「いいか知華さん。現代において、ドッペルゲンガーとは姿形が似ている必要などないのだ」

「──え？」

先生の言っている意味が、全くわからなかった。彼も説明するよりこっちの方が早いと踏んだのか、スマホを操作すると画面を私に見せてくる。

映し出されているのは、短い文章や写真などを投稿できる某有名ＳＮＳのプロフィール画面。名前は『Ｃ』で、アイコンの画像は──ムキムキうさぎ。私は大好きだけど、校内では私くらいしか好きな人がいないマイナーなキャラクターだ。

「キミに似ている人なんて、どこを探しても見つからない。友人達が見つけたのは、知華さんにそっくりの人物ではない。この『Ｃ』というキミっぽさを秘めたアカウントなのだ」

プロフィールにはこの高校の在校生だということが謳われていて、『Ｃ』というアカウント名は私の名前である『知華』を連想させる。

決め手はやっぱり、ムキムキうさぎ。私が学校指定の通学鞄につけているキーホルダーと全く同じものが、アイコンのみならず投稿写真にも写り込んでいる。

ある時は、デンモクやマイクと共に『ヒトカラ中』と。またある時は、喫茶店でチョコミントのパフェと一緒に。他にもB級ホラー映画のパンフレットや服屋の看板、音楽室のピアノとムキうさが一緒に写った写真も上げられている。

　カラオケを張り込む時に、私はどこの店で目撃したのかを友達に確認した。返答は『さぁ?』という味気ないものだったけれど、今なら理由がよくわかる。

　この写真だけでは、カラオケをしていることはわかってもどの店なのかまで見極めるのは難しいからだ。

目撃談の全てが、写真を添えた投稿から得た情報だと考えれば腹に落ちる。思い返せば、当日その場で私を見たなんて誰も言っていない。

ドッペルゲンガーを生み出していたのは、私自身の勘違いだったんだ。

「念のために訊くが、この『C』はキミではないのだな?」

「当たり前です！　私、SNS苦手で使ってないって前に言ったじゃないですか！」

「ああ。だからこそ、キミは今日まで『C』の存在に気づくことができなかった」

　少し考えると、先生の言いたいことは理解できた。目撃談改めCの投稿内容が定期的に私の耳に届いたのは、鎌をかけられていたからなのだ。

　私はSNS嫌いを友達に隠していないし、友人間では時代遅れな女子高生として有名だ。だからこそ、彼女達は遠回しに「知華のアカウント知ってるよ」と伝えようとしていた。

だけど、私は本当に知らないので否定する。向こうからすれば、アカウントがバレないようにすっとぼけていると思ったのだろう。だから深くは追及できず、バツの悪そうな顔でうやむやにされることが多かった。

その連鎖が、今の状況を生み出したんだ。

「ドッペルゲンガーは、誰にでも演じることができた。それがわかった今、思い当たる人物はいるか？」

「……はい。います」

先生に問われる前から、私そっくりなドッペルゲンガーの顔はある人物の顔へと形を変えていた。

私が鞄につけているムキうさと同じものが買える場所を尋ねられたことがあり、チョコミントのパフェが好きで、私に縁のある人物。——佐咲瑠璃子。

目を落とした先生のスマホには、『C』の最新投稿が映し出されている。そこには純から聞いた通り『私は昔、S咲R子をいじめたことがある』と書かれていた。

「何でこんな嘘をつくんだろう。私、何も悪いことしてないのに……。先生、何かわかりませんか？」

きっと私は、縋るような目をしていたと思う。被害者の顔で、先生に助けを求めようとしていた。

だって、カンジ先生ならきっと愛用の漢和辞典を開いて正解を引き出してくれる。文字の精霊とか意味不明なことを言うけれど、導き出された結論はいつだって間違っていなかった。

だから、今回だって先生が、彼の選び取る漢字が私の望む答えをくれる。――勝手に、そう信じていた。

「……先生？」

彼は、私の目を見たまま口を開かない。唇は接着剤で貼り付いてしまったかのように真一文字。表情は僅かに険しく見えた。

「黙ってないで、何か言ってください。ほら、辞典！　いつもみたいに目的の漢字をバシッと一発で開いて、正解を私に教えてくださいよ！」

強く訴えても、先生は頭を横に振る。明確な拒絶を前にして、目尻に涙が滲むのがわかった。

「えっ、何で？　何で！　私、被害者なんだよ？　何も悪くないのにこんな酷いことされて、明日からどんな顔して学校に来たらいいのかもわかんないのにッ！　先生、何かわかってるんでしょ？」

「……ああ」

彼の沈黙が、静かに破られた。

「だったら、教えてください！　漢字は役に立つんでしょ？　いつもみたいに、漢字が呼んでいるとか言って辞典を開いてくださいよッ！」

私の訴えはようやく彼の心に届いたのか、先生が朱色のカバーの辞典を取り出す。

しかし、それを開こうとはせずに私へと差し出してきた。

「自分で探すといい。答えは、この中にある」

「……どういうことですか？　私にできるわけないでしょ！　私は文字なんて、漢字なんて大嫌いなんだからッ！」

先生の手を弾くと、辞典が地面に落ちた。瞬間、私はその辞典が先生にとって宝物だったことを思い出して「あっ」と声が漏れる。

怒られるかと思ったけれど、先生はそれを拾い上げて汚れを拭くと再び私へと差し出した。

「キミ自身が探さなければならないのだ、知華さん。そうしなければ、意味がない」

彼は半ば強引に辞典を押しつけると、そのまま裏口のドアへと向かって歩き出す。

「待って、カンジ先生っ！」

涙声は、情けなく震えていた。

「心配するな」

ドアが閉まる直前、先生は振り返ることなく告げる。

「キミはもうわかっている。あとは、耳を傾けるだけだ」

☒☒☒

お風呂から上がると、スマホに明日香からの着信が残っていた。きっと、『C』の件で心配してくれているんだろう。他にもいくつか、友達からのメッセージが通知されている。でも、目を通す気分にはなれなかった。

部屋の机のスタンドライトを点ける。照らし出されたのは、先生に無理やり押し付けられた漢和辞典。彼にとって、これは大切な宝物らしい。

朱色のカバーはボロボロで、小口は白から黄色へと変色している。捲ってみると、微かにだがインクの匂いがした。ページによっては皺が寄っていたり、少し破けてしまっていたりして、先生がどれだけこの辞典を繰り返し開いたのかがよくわかる。

角が若干潰れているのは、おそらく今日私が受け取りを拒絶して払い落としてしまったから。

「……先生、怒ってるかな」

切羽詰まっていたとはいえ、あれはやり過ぎた。謝らなきゃと思いつつ辞典をパラパラ捲ると、いくつもの漢字が滑るように高速で流れていく。

簡単な漢字。難しい漢字。知らない漢字。変な漢字。よく使う漢字。書けそうで書けない漢字。その全てに読み方があって、ルーツがあって、与えられた意味が存在する。

辞典から送られる風が、生乾きの前髪を揺らした。その感覚に、懐かしさを覚える。

小学生の頃、私はこうやって頻繁に漢和辞典を引いていた。文通相手であるあっくんへ手紙を書くためだ。

最初の方こそ彼からの手紙には漢字が一つもなかったけれど、回数を重ねるうちに漢字の採用率が増えていき、字の汚さもマシになっていった。

そのうち辞典を開かないと読めない漢字が書かれていることも多くなり、悔しいので私もわざわざ難しい漢字を含めた手紙を送り返した。そんな小学生らしいやり取りをするうえで、漢和辞典は必須だった。

あの頃は、本当に楽しかった。いい別れ方こそできなかったけれど、顔も声も知らないあっくんは私の親友だった。もっとも、彼の方はそう思ってくれていなかったみたいだけれど。

「あっ」

辞典の最後の方のページの間から、何かがするりと机の上に落ちた。それは、白い封筒。

先生宛てのものだろうか。裏返すと、書かれた送り主は――ツバメ文通。

「――え？」

ドクンと跳ねた心臓がそれっきり止まってしまったのではないかと思うほどに、頭の中が真っ白になった。

その後、じわじわと染み込むように疑問の数々が押し寄せてくる。

ツバメ文通は、私が小学生時代に利用していた匿名の文通サイトだ。記憶にある送り先とも一致している。

先生も、偶然ツバメ文通を利用していたということだろうか。

後ろめたさはあったけれど、私は中身を確認せずにはいられなかった。開封済みの白い封筒の中には、一回り小さい水色の封筒が入っていた。

ツバメ文通の住所と共に綴られた宛名は――『チカ様へ』。忘れるはずもない。それは文通が途絶える前の、すっかり上達したあっくんの字だった。

「……何で？　どういうこと？」

突如として現れた、過去の文通相手の手紙。

震える手に持つ封筒には、アゲハチョウが印刷された切手が貼られている。その上から押された消印の年月日は、あっくんからの連絡が途絶えた頃に近かった。

でも――まさか。そんなはずはない。あり得っこない。繰り返し否定しながら覗いた水色の封筒の中には、三つ折りの便箋が何枚か入っている。

迷いなく取り出したそれを、私は深呼吸を挟んでからそっと開いた。

チカ様へ
そちらでも桜が咲いたようだね。僕の家の近くにも立派な桜が咲く神社があるんだが、こちらもちょうど満開だ。

キミと文通を始めて、もう二年になる。漢字を含む手紙も、すっかり板についた。チカのおかげだ。キミと文通を始めていなければ、僕は今でも頑なにひらがなとカタカナだけに頼り切っていただろう。

今日は、キミに伝えたいことがある。驚くと思うが、どうか聞いてほしい。

僕は、キミと同じ年ではない。今年の春で高校三年生になる。ずっと騙していてごめん。

キミと文通を始める少し前まで、僕はアメリカに住んでいた。両親共に日本人なのだが、仕事の都合で渡米して、物心つく頃にはアメリカが僕の住む国だった。いわゆる帰国子女だ。僕は男なのに、帰国子女。日本語は不思議だな。

アメリカにいれば、使う言語はもちろん英語になる。両親は僕に母国語を教えてくれていたから、日本語を話す分には困らない。ひらがなとカタカナも、最低限の日本語として覚えていた。でも、漢字だけは別だ。難しすぎるからね。

　だから、べつに使えなくてもいいと思っていたんだ。でも、いざ帰国してみると、漢字が読めず書けない僕は編入した中学校で酷く浮いてしまってね。英語もろくに話せない連中に馬鹿だの間抜けだのと言われて、学校が嫌いになってしまっていた。

　そんな時、楽しく日本語を学べるからと国語の先生にツバメ文通を紹介されたんだ。誰とも文通をする気なんてなかったけど、その先生には普段からよくして貰っていたから、断れなくてね。だからペンネームをやる気のない『あ』にして、汚い字がコンプレックスだったから字の下手な子どもを装って登録した。

　どうせ誰からも来ないと思っていたら、帰国子女枠で合格した高校へ進学する間際に一通の手紙が届いた。『ウサギ』と名乗るその子は、僕より随分年下なのに難しい漢字をたくさん使っていて、そのことに何だか無性に腹が立ってしまった。不躾な返事を送ってしまったことを、今では申し訳なく思っている。

　半分喧嘩みたいに始まったキミとの手紙のやり取りは、いつの間にか先生への義理から週に一度の楽しみに変わっていた。ポストの中身に一喜一憂している自分を、今となっては否定できない。

　キミに対抗するように開いた漢和辞典も、少しずつ読めるようになっていくと様々な意味が見えるようになった。漢字とは文字であると同時に絵であり、音であり、香りであり、図であり、情景であり、気持ちなのだと知ることができた。

　ひらがなとカタカナだけでも、通じなくはない。でも、漢字を使用すればその向こう側へ行ける。顔や声を知らなくても、心を通わすことができる。よき友になることができる。

　だから日本には、ややこしい漢字の文化が根付いているのだね。キミはそのことを僕に教えてくれた。

　ありがとう、チカ。キミは僕の漢字の師であり、大切な友人だ。どうかこれからも、文通を続けてほしい。

　思いの丈を綴りすぎて、渡すのが恥ずかしい出来になってしまったな。返信の際には、あまりからかわないでくれ。

　最後に、僕の名前を。あっくんと呼ばれるのは嫌いではないが、キミには伝えておきたい。心の奥底にでも、留めておいてくれると嬉しく思う。

　環司より

　読み終える頃になって、私はようやく自分が泣いていることに気がついた。手紙が濡れないよう机に置いてから、濡れた目元をごしごし擦る。
　あっくんは――カンジ先生だった。

驚いたけれど、すんなりと受け入れている自分がいる。

以前、先生に頭をポンポンとされた時に感じた妙な懐かしさが、収まるところに収まった気がした。

だけど、この手紙はなぜ私の元に届かなかったのか。文面によると出す前提で書かれたもののようだし、消印が押してある以上、一度ツバメ文通の元へ届いているはず。ツバメ文通は今でも変わらず運営されているから、サイトの閉鎖というわけでもない。

「……あれ？」

白い方の封筒に、もう一枚紙が入っていた。開いてみると、ツバメ文通の名前と共にパソコンで打ち込まれた文字でこんなことが書いてある。

規約違反につき、退会処分といたします。

文通が途切れた理由が、今ようやく判明した。

手紙の内容が、ルールに引っかかったのだ。おそらく年齢詐称で。

ツバメ文通は、匿名で文通を行う場所だ。なので、安全のため手紙は一度運営の目を通ってから相手の元へ届けられる。消印が押された手紙をまだ先生が持っていたのは、規約違反として封筒ごと送り返されたからだ。

その結果、退会処分になった先生は私と連絡を取る手段を失ってしまった。

あっくんは——先生は、私を裏切ったわけじゃなかったんだ。

私が書き綴った文章は、きちんと相手に伝わっていた。文字だけでも、人は心から繋がることができるんだ。

だったら、もう文字を嫌う理由はない。漢字を役立たずと否定する必要はない。彼の信じる漢字は、きっと私にも道を示してくれる。

古ぼけた辞典に手を置く。高校時代から愛用していると言っていたから、私との手紙を書く際にきっと当時の先生は何度もこれを手にしたんだろう。

そして、これを先生は『宝物』と呼んでくれている。

——声が、聞こえたような気がした。囁くような、微かで優しい声が。

その声に促されるように、辞典を開く。

頭にふっと思い浮かんだ漢字のページは、いつも先生がやっているように一度でスッと現れた。

まるで、文字の精霊に導かれるように。私がそこへ行き着くのは、必然だとでもいうように。

「あぁ——そうか」

そうして、私は理解する。

「私……佐咲さんのこといじめていたんだ」

☒☒☒

翌日の早朝六時。見上げる空には、夜に置いて行かれた白い月が取り残されている。軽くストレッチすると、私は学校へ向けて走り出した。

夏場は、やっぱり早朝に走るに限る。地を蹴りながら、私は昨晩のことを思い出していた。

佐咲さんと、二人で話をしなければならない。とはいえ、私は彼女の連絡先を知らなかった。でも、問題ない。『C』のアカウントは知っているんだから、ＳＮＳに登録して接触を図ればいい。

夜に操作方法を調べながら、どうにか『佐咲さんだよね？　寿々木です』というダイレクトメッセージを送った。返事は、すぐに来た。

『見つかっちゃった』

謝罪ではない、おちゃらけた文章。だけど、不思議と怒りは湧かなかった。

『明日の朝六時半に、校舎裏口の外にある喫煙所跡地で待ってる』

送ったメッセージに、結局返事は来なかった。

一定のリズムを乱すことなく走りながら校門を抜けて、校舎の裏へ回る。彼女はきっといる。根拠はないけれど、そんな確信があった。

案の定、普段は先生と話す場所として使っている喫煙所跡地の木製ベンチには、座っているだけで絵になる長い黒髪の美女の姿があった。

「おはよう、寿々木さん」

「……おはよう、佐咲さん」

私は彼女の隣に腰を下ろして、少しだけ乱れた呼吸を整えながら、何から話せばいいんだろうと思案する。

先に口火を切ったのは、佐咲さんだった。

「ごめんね」

一応、悪気はあったらしい。

私が『C』のアカウントを特定し、彼女の苗字を言い当てた時点で勝負はついていたのだ。

佐咲さんは、前に私から聞き出した店で私と同じムキうさのキーホルダーを購入して、あたかも自分が寿々木知華であるかのようにSNS上で振る舞った。極めつきに、いじめの加害者であると告白して私を陥れようとした。

似ても似つかない、あまりにも私と正反対な見た目をしたドッペルゲンガー。

彼女は、歌でも歌うかのように通る声で告白する。

「私ね、ずっと寿々木さんが羨ましかったの」

「えっ？」

あまりにも意外な言葉に、頭の中が疑問符で溢れ返る。

「羨ましい？　それはこっちの台詞だよ。佐咲さん、鏡見たことないの？　昔から背が高くて、美人で、スタイル抜群で、大人の余裕を醸し出してた。私がその恵まれた体型だったら今よりどれだけ速く走れるだろうって、今でも時々思う。見てよ。私はいつまで経ってもチビのまんま」

「隣の芝生は青く見えるものでしょう」

彼女は僅かに微笑むと、俯いて言葉を紡ぐ。

「今言ってくれた私の特徴って、そんなにいいもの？　電車に乗れば痴漢にあうし、年齢より上に見えるせいで怖い男性にナンパされることもある。見た目がこんなだからって勝手に大人扱いされて、同年代の子と仲良くなれない。中身は、皆と変わらないのに」

人にはそれぞれ、その人にしかわからない悩みがある。今の今まで、私はそんな当たり前のことに気づかなかった。

　佐咲さんがそんな後ろ向きな考え方を抱えているなんて、想像だにしなかった。与えられ、恵まれたその武器を生かしながら、胸を張って人生を渡り歩いているものだとばかり思っていた。

「わかる？　寿々木さん」

　佐咲さんの綺麗な瞳が、私を捉える。

「私とアナタは、正反対」

「……見た目で言えば、そうかもね」

「それ以外も。小さくて可愛いアナタの周りには、私と違っていつも大勢の友達がいた。愛嬌を振りまく猫は可愛がられるけど、希少で美しい鳥は籠に入れて眺められるだけ。誰も一緒に遊ぼうとは思わない」

「それ、自分で言ってて恥ずかしくない？」

「仕方ないでしょう」彼女はしれっとした顔で「事実なんだから」と続ける。

　弱気なことを言ったと思いきや、これまで通りの高飛車な印象もきちんと持ち合わせている。話せば話すほど、私の中にあった彼女のイメージは解けて混ざるように色を変えていく。

「そんな希少な鳥が、何で私を装ったわけ？　憧れていたから、私のふりをしたかったの？」

「それもなくはないけど、本当の目的は別」

佐咲さんは、遠い目で空に未だ居座り続けている白い月を見上げた。

「……私だって、いい加減友達が欲しかったの」

思い出すのは、先生とドッペルゲンガー探しに行った際に喫茶店で見かけた佐咲さんの姿。

彼女は私の友達と楽しそうに談笑しながら、チョコミントのパフェを食べていた。

「寿々木さんがSNSをやってないのは知ってた。有名だからね。だからこそ、SNSにアナタ疑惑のあるアカウントを作れば、簡単に広まると思ったの」

「私を装って自分の私生活を投稿することに、何か意味があるの？」

「もちろん。私が愛するチョコミントに、大好きなB級ホラー映画。服屋は好きなブランドを取り扱ってる店の看板をアップしたし、カラオケの写真も私の好きなロックバンドの名前が写ったものにした」

「つまり……自分の好きなものを、私の名を騙って披露したってこと？」

「ええ。私が自分の好みを伝えたって、どうせ理解されない。でも、アナタが好きなものなら周りも気になるでしょ？」

そうだろうか。私にそこまでの人望があるとも思えない。でも、友達が好きだという曲なら一度聴いてみたいと思うことはよくあるし、友達が薦めるブランドの服ならどんなのだろうと調べてみたりする。

ふと思い出したのは、ドッペルゲンガーを推測するうえで先生が提示した『肖』という漢字。

あの字は、送り仮名に『る』をつけることで『あやかる』と読める。肖るとは、幸福な誰かを真似ることで自分も幸福になろうとすること。有名人のファッションや髪形を真似する行動は、まさしく肖りたいからだ。

佐咲さんが私のドッペルゲンガーになったのは、私の友達の多さに肖りたかったから。

考え方によっては、今回も先生の示した『肖』という漢字が真実を言い当てていたのかもしれない。

「成果は……多少あったみたいだね」

「ウメダ珈琲でのことを言ってるなら、その通りだけど」

やっぱり、バレていたのか。

「私みたいな筋金入りのぼっち女はね、勝ち目のあるきっかけがないと自分から動けないの。あの子達は教室でチョコミントの話をしていたから、話しかけることができた」

断定はできないけど、チョコミントが話題に上がるきっかけを生み出したものこそが私に似せた『C』のアカウント。彼女の目論見は達成されたのだ。

「でも、迂闊だった。目的を成し遂げた時点で、アカウントを消すべきだった」

さらりと言っているけれど、どう考えてもバレるのは時間の問題だっただろう。周囲がSNS嫌いを公言する私に気を遣う子ばかりじゃなければ、ドッペルゲンガーなんて疑うこともせずに早い段階でアカウントの存在に気づいていたと思う。

「……佐咲さんは、私に気づかれることを前提にアカウントを作ったんじゃないの？」

「そんなことない」

「嘘つかないで！　私に似せたアカウントを広めて、『C』の正体が自分だと私に悟らせてから書き込んだアレが――最後の投稿が、本当の目的だったんじゃないの？」

佐咲さんはチョコミントの話で上手く話題を終わらせようとしてるけど、そんなことは許さない。

『私は昔、S咲R子をいじめたことがある』というあの一文を拡散することこそが、彼女の真の目的に決まっている。

隠しても無駄だと踏んだのだろう。佐咲さんは行儀よく伸ばしていた背筋の力を抜いてベンチに寄りかかると、諦めたように短く息を吐いた。

「……友達が欲しかったのは、嘘じゃない。実際、喫茶店に行ったりしてとても楽しかった。アカウントだって、寿々木さんにバレた時点で削除してしまえばそれでお終いにできると思ってた。本当だよ？　だって、私だと特定する証拠なんてないんだから」

それは——そうかもしれない。ムキうさのキーホルダーを処分してスマホの中の写真を削除すれば、決定的な証拠はなくなってしまう。それどころか、身バレしたと感じた私がアカウントを消して逃亡したと思う人が大半のはず。

「でもね、このアカウントが多くの人に見られているとわかると、指先一つで寿々木さんを振り回せるのが面白くなっちゃって。アナタは私と違って友達多いから、少しくらい減っても困らないと思ってあんな嘘を書き込んだの。要は、ただの僻み。……ごめんなさい」

佐咲さんが、私へ頭を下げる。

私はそんな彼女の頭を両手で摑み、グイッとこちらを向かせた。そして、おでこがぶつかりそうな距離で吠える。

「だから、嘘つくなって言ってんじゃん！」

今更怖気づかないで。ここまでのことをしたんだから、全てをぶつけて来てほしい。

「私が佐咲さんをいじめたのは、事実でしょ！」

私の怒りにも近い叫びは、よほど想定外だったんだろう。常に余裕があるはずの佐咲さんは、「あ」や「えっ」や「何で？」など、纏まらない言葉をポロポロと落とし始める。

「謝るべきなのは、私の方なの。あの時、佐咲さんをいじめてごめんなさい」

「……わかるの？　本当に、私が何のことを言っているかわかってるの？」

「うん。……きっと、私も心のどこかでずっと気にしてたんだと思う」

気づいたきっかけは、先生の『キミはもうわかっている』という言葉と、手渡された漢和辞典。何かに導かれるように開いたページには――『苛』という漢字が載っていた。

音読みは『カ』で、訓読みは――『いじめる』。他にも『いらだつ』『からい』『さいなむ』など、いくつかの読み方が存在する。そのどれもが、後ろ向きな意味だ。

注目したのは、この漢字の成り立ち。漢和辞典によると、部首の草冠からもわかる通り、この字は『小さな草が生えている様』を表しているらしい。

小さな草という文を見て、私が思い出したのは先生と交わしたネットスラングについての会話だ。

ネット上での小文字の『w』は、まさしく『小さな草』だった。

「小学生の時、不登校から私が復帰して少しした頃かな。佐咲さんの体操着がクラスの誰よりも大きいことを、男子がからかったことがあったよね。リーダー格の子が笑うと他の男子も笑い出して、次第に女子まで笑い始めた。笑わない奴は仲間外れっていう感じの雰囲気があった」

大半のクラスメイトが、何も面白くないのに笑っている。気持ちの悪い光景。でも――私にそんなことを言う資格はない。

「あの時、私も皆と一緒になってアナタを笑った。おかしいことなんて何もなかったのに。やっとの思いで振り払ったいじめの矛先が、また自分に向くのが嫌だったから。保身のために笑ったの。本当に、ごめんなさい」

人を蔑む笑いに同調する。その行為も、十分な『いじめ』だ。佐咲さんは、嘘なんてついていない。私はいじめられっ子だったけど、いじめっ子でもあったんだ。

下げた頭を上げられずにいると、ようやく落ち着きを取り戻した佐咲さんが静かな声で「顔を上げて」と告げる。

言われた通りにすると、彼女の目尻からは涙が零れていた。

「謝らないで。私だって、アナタがいじめられている時に見て見ぬふりをしてた。寿々木さんを怒る資格なんて、最初からないの」

「そんなことないよ。今だからこそ、わかることがあるの。あの自販機の事件で明日香を陥れた理由は、クラスで目立っている自分が私の次の標的にされないために、明日香を悪目立ちさせるためだって思った。佐咲さんも、そのことを認めた。でも、本当は違うよね？」

　私は追及する。

「あすれば、私が意地でもまた学校に来ると思ったからじゃないの？」

　佐咲さんは、逃げるように私から視線を外した。

「明日香のことを伝えて私を学校に復帰させたかっただけなのに、私が佐咲さんの仕込みに気づいてしまった。だからアナタは、急遽作戦を切り替えて悪役を演じたんじゃない？　明日香の霊感は嘘だったとしても、親友を陥れようとしている奴がクラス内にいると思わせれば、予定とは違うけど私を学校に呼び戻せるだろうって」

「……全部、気づかれちゃったね。正直、そこまで寿々木さんにバレると思ってなかった」

「私の力じゃないよ。小学生の時も、今回も、力を貸して貰ったの」

「誰に？」

「昨日まで、顔も名前も知らなかった友達」

　笑顔で答えてから「それと……漢字にかな」と付け足す。佐咲さんは、少し不思議そうな顔でその返答を受け止めてくれた。

「確かめたいことは、あと一つだけ」

　自身が悪役を引き受けてでも私を小学校に復帰させた一方で、笑ったクラス中が加害者だったいじめなのに、主犯格の男子ではなくて私にいじめられた部分だけを引っこ抜いて暴露した。そこには正直悪意を感じる。

でも、佐咲さんはこんな私にずっと憧れていたとも言ってくれた。

「佐咲さんは――私と友達になりたいって思ってくれてるんだよね？」

導き出される結論は、それしかない。

顔を赤くして頷く様子は、普段の大人っぽい様子など忘れてしまうほど子どもみたいだった。

友達になりたい。たったそれだけのことなのに、何て不器用なんだろう。いや、高嶺の花や大人扱いする周りの目が、佐咲さんをこうしてしまったのかもしれない。

「でも……今更だよね。こんなことしておいて」

「そりゃあ、思うところはあるけどさ。私や佐咲さんが何を言ったたって今回の噂は簡単には消えないだろうし、しばらくは居心地の悪い学校生活が続くと思う」

佐咲さんは押し黙り、俯くのに合わせてだらんと下がった長い髪が顔を覆い隠す。

「だからね、私と友達になってよ」

彼女の肩にそっと手を置き声をかけると、赤く腫れた目が呆気に取られるようにパチパチと瞬いた。

「……え、何で？　意味がわからないんだけど」

「それが一番手っ取り早いの。よく考えてみて。私と佐咲さんが仲良くしてたら、あの投稿を気にする人なんて、あっという間にいなくなるって！」

昨日の夜、散々考えて見つけ出した解決策。

佐咲さんとしても納得のいく方法だったようで、彼女は「わかった」と頷いた。

「噂が沈静化するまで、一時的に友達のふりをしましょう」

「決まりだね。じゃあ今日は明日香も誘って一緒にお昼ご飯食べて、体育では同じチームになって、放課後は部活サボるからアイス食べに行こう！」

「うん」

「それとね——瑠璃子」

呼ばれた自分の名前に、彼女は瞳を大きくする。

「一時的な、形だけの友達なんて、私は認めないから！」

笑顔で宣言して立ち上がり、瑠璃子に手を差し伸べる。彼女は泣きそうな顔で私に笑顔を返すと「ありがとう、知華」と私の手を握った。

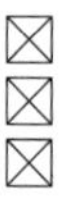

こんな顔じゃ教室へ行けないとトイレへ向かう瑠璃子を見送ってから、私はベンチ

に座り直して長い溜息を吐く。

寿々木知華、一世一代の大勝負が終わった。そんな気分だ。

色々あったけれど、何とか丸く収まった。上出来だ。放課後のアイスは、自分へのご褒美でトリプルにしよう。

——さて。

「もう出てきていいですよー」

そう大きな声を出すと、キィと裏口のドアが開く音がした。

そこから現れた人物は、つかつかと歩み寄ると私の隣に腰を据える。目を向けると、少し不機嫌な顔をしたカンジ先生が座っていた。

「僕がいることに気づいていたのか。キミは人が悪いな」

「盗み聞きしてる人に言われたくないです」

言い返すと、先生は口をへの字に曲げた。

瑠璃子と話している途中から、裏口のドアの向こうの気配に気づいていた。ガラス越しに見えたシルエットにも。

「心配して来てくれたんですよね。でも、何で私がこの時間にここで話をするってわかったんですか？」

私が『苛』の漢字に辿り着けば、すぐにでも瑠璃子と話し合おうとすることは予測できるかもしれない。でも、時間や場所まではわからないはず。

「邪魔者がいない時間帯は、やはり早朝。朝練で早起きに慣れている知華さんなら、尚更だ。そして、二人きりで話をするのに一番落ち着ける場所はここだろう」

落ち着ける場所……か。先生と過ごすうちに、ここは私にとってそんな特別な場所になっていたらしい。ちょっと恥ずかしくなる。

先生は口元を押さえて、大きくあくびをした。私が何時に来るのかわからなかったから、相当早起きをして待っていたのかもしれない。思わず、口元が緩んでしまう。

「ありがとうございます、先生」

彼が近くにいるとわかったからこそ、勇気を振り絞って瑠璃子と話すことができた。素直にお礼を言うと、先生は満足そうに微笑んだ。

「キミも無事、漢字に呼ばれたようだな。上手くいって何よりだ」

「おかげさまで、何とかなりました」

昨晩、手紙を読んだ後で辞典を手に取ったあの時、微かにだけど声のようなものが聞こえた気がした。あれが先生の言う『漢字に呼ばれる』ってことなのかな。

「あ、辞典返しますね」

通学鞄から朱色の小振りな辞典を取り出して、先生に手渡す。その際、角の凹みが目に留まった。

「あの……昨日は大切な辞典を叩き落としてごめんなさい」

「気にするな」

　彼は私をあっさり許すと、すぐに辞典の最後の方のページを開いて、そこにあるべきものがないことを表情で示した。

「手紙なら、ここです」

　私は鞄から封筒を取り出して見せた。

　これを挟んでいることを忘れて私に辞典を貸した——なんてミスを、この人がするはずがない。わざとやったに決まっている。

　不思議な感覚だった。あんなに会って話したかったあっくんが、こんなに近くにいる。

　普段は気兼ねなく話せているのに、あっくんなんだと意識すると緊張してしまう。モジモジしていると、先生の方から切り出した。

「手紙は、読んだということでいいんだな?」

　私が頷くと、彼は少し照れくさそうにしていた。

　今の先生は、板書の文字も彼が度々私の下足入れに投函していた手紙の文字も、かなり綺麗だ。昔の手紙の字とは、異なっている。もしも似ていたら、私はもっと早く先生の正体に気づけていただろうな。

「あの頃、急に僕はキミとの連絡手段を失った」

「ツバメ文通からすれば、年齢を偽って女児と接触を図ろうとしたド変態ですもんね」

「ずいぶんと辛辣だな」

「このくらいは言わせてください」

　私は封筒を撫でる。

「私がこの手紙を、どれだけ待っていたと思ってるんですか」

　頬を掻いた先生は、照れ隠しなのか咳払いを挟んで話に戻る。

「手紙のやり取りのおかげで、僕は漢字が好きになった」

　前に言っていた『漢字の素晴らしさを教えてくれた人』とは、どうやら私のことだったみたい。この手紙でも、私のことを漢字の師と謳っていたっけ。

「だから、国語の教師になったわけだ」

　簡単に言うけれど、ずっとアメリカにいた先生が国語の教師を目指すのは、生半可な努力ではなかったと思う。

「教員免許を取り、採用試験をこの県で受け、この街のエリアを希望した」

「そういえば、何で私がこの街にいるってわかったんですか？　ツバメ文通では、住所を公開していないのに」

「消印だ。あれには受け付けた地名の判が押されている」

手元の封筒を見ると、たしかに年月日の他に地名も刻まれていた。

そうして、彼はこの街で教師となったらしい。

「言っておくが、キミの通う高校の先生になれるなんて期待はしていなかったぞ。この地区だって高校はいくつもあるし、情報は漢字表記もわからない『チカ』という名前だけ。探すには無理がある」

「だったら、何でわざわざ？」

「僕はアメリカ暮らしが長すぎて、日本国内には大して縁のある土地がない。気になる場所といえは、これまで手紙を介してイメージしてきたキミが暮らす街くらいだったのだ」

そのおかげで、私と彼は再会できた。――いや、ようやく出会えたんだ。

「……私が文通相手だって、いつ気づいたんですか？」

「きっかけは、キミが『虎』に『酔っ払い』の意味がある知識をこれ見よがしにひけらかした時だ」

出会ってすぐじゃないか。というか、もう少し言い方があると思う。

「何で私がその知識を披露したら、文通相手かもって思うんですか？」

「忘れたのか？　この知識は、キミが手紙で僕に披露したものだぞ」

……言われてみれば、たしかに書いた気がする。だから頭の中に残ってて、『山月記』を習った時に思い出せたんだろう。

そして、引っ張られるようにして他の記憶も蘇る。

「私、瑠璃子を笑ってしまって後悔したことも手紙に書いてたんですね……」

学校に復帰して間もない頃は、あっくんによく悩みを相談していた。だから先生は真実を察することができたし、私がやらなければならないことだと確信して背中を押してくれたんだ。

思い返せば、先生は喫茶店で私が瑠璃子を見つけて身を隠した時、私が彼女に対して苦手意識を持っていることを知っているような発言をしていた。あれも、私からの手紙で得た情報だったんだ。

「キミは自分以外の名前は実名で書いていたからな。すぐにわかったぞ」

「そ、それは匿名のやり取りだってことを忘れちゃってたからで……」

「知華という名前の他に、そのうっかりで提示された名前の人達がキミの周りにいたこと。さらに、鞄には不気味なウサギのキーホルダー」

「ムキうさのこと不気味って言わないで！」

「ともかく、ここまでの情報でほぼ間違いないと思っていたよ」

となると、赴任してすぐに先生は私が文通相手だとわかっていたのか。なんかズルいし、悔しい。

「キミが文字だけで繋がる関係にトラウマを持っていることを知った時、それは僕のせいだと思った。だからあの時、僕に虎の漢字の持つ意味を教えてくれた時のように、また文字を――漢字を好きになって貰いたいと思った」

「じゃあ、文字の精霊がどうこう言ってたのも、私をまた漢字と向き合わせるための過剰な演出だったんですね」

「ん？」

「えっ？」

……どうやら違ったようだ。彼の異常なまでの漢字推しは正真正銘本物みたい。でも、そんなオタクを生み出した元凶は私なわけで……。何だか、複雑な気持ちになる。

「ていうか、気づいた時点で言ってくださいよー」

「それはそうだが、今更だろう？　キミはまだ小学生だったから忘れているかもしれないと思った。……それに」

「それに？」

「キミに、嫌われたくなかったのだ」

自分の顔が、熱を持つのがわかった。

「き、嫌ったりなんてしませんよ！」

私はそっぽを向いて、無駄に大きな声で言ってしまう。

とにかく、これで全てが明らかになった。私のトートバッグに書かれている英文をスラスラと和訳できたのも、下足入れへの手紙がラブレターだというお約束やこっくりさんを知らなかったのも、先生が帰国子女だからだったのだ。

太陽は高度を上げて、夏の暑さが今日も目覚めていく。

知ってしまった、わかってしまった私と先生との関係。一度切れた縁が繋がった今、悩むべきは、当時と今のどちらの感覚で先生と接すればいいのかということ。

「ねぇ、あっくん」と、試しに呼んでみる。

「あっくんではない。先生と呼べ。僕とキミは、教師と生徒。節度は弁えなければならない」

「……まあ、そうですよね」

時が経てば、関係も変わる。

向こうは大人で、私ももう高校生。少し寂しい気もするけれど、いつまでも子どもじゃいられない。

「――だが」

俯く私に、先生は続けた。

「こうして二人きりの時、僕とチカは単なる友人同士だ。敬語もいらない。呼び方も、好きにするといい」

その不格好な優しさの先に、あっくんの姿が見えたような気がした。堪らずににやけてしまった私へ、先生が「笑うな」と苦い顔をする。それがまたおかしくて、あははと声を上げてしまった。

「あっくん」

「……好きに呼べと言ったが、やっぱりあっくんは勘弁してくれ。むず痒い」

そう言われると、何だかこっちまで恥ずかしくなってきた。

「やっぱり、カンジ先生はカンジ先生ですね。もうこの呼び方に慣れちゃいましたし」

「そうして貰えると、僕も助かる」

そんなわけで、呼び方は変わらず。

それから私達は、たくさん話をした。文通が続いていれば手紙で書くはずだったことを、お互いに語り合う。

朝のホームルームが始まるまでのその時間は、私達のこれまでがギュッと凝縮したような、とても充実した時が流れていた。

エピローグ

「待て！」

今日も今日とて廊下を爆走中。いや、走りたくて走っているわけじゃなく、わけあって仕方なく逃げているだけ。

「知華ー、また走ってんの？」

進行方向に、呆れ顔の明日香を発見。私が足を止めずに「後ろから推しが来てるよ！」と伝えると、彼女の目はハートマークに変わった。

「キャーッ！　環様ぁ！」

黄色い悲鳴と共に立ち塞がる明日香をすんなりと躱して、彼は私を追ってくる。

途中、方向転換して階段を下りると、上がってくる瑠璃子と出会った。

「わっ、どうしたの知華!?」

「ごめん瑠璃子！　また後でねっ！」

あれから私と瑠璃子は、仲良し作戦を実行した。

私達の目論見は成功し、いじめ告発の話題は私達の予想よりもずっと早く消えていった。この調子なら、夏休みが始まるまでに鎮火しそうだ。

今日も放課後、明日香も加えた三人で喫茶店に行くことになっている。私はチョコミントのパフェに挑戦してみるつもり。

「おーい、知華さん！　どこに行ったんだ？」

私は階段下のスペースに積まれていた荷物に身を隠しながら、息を殺していた。

カンジ先生が私を追いかけているのには、もちろん理由がある。先生がしてくれたように、私も当時送ることが叶わなかった手紙を今日渡したいと申し出たからだ。

返事のないあっくんに痺れを切らして、私が出したけど既に彼が退会済みで戻ってきてしまった手紙。

長年封印していた手紙は、今ちゃんとこうして持ってきている。だけど、

「やっぱり……渡せるわけないじゃんね、こんな手紙」

私は桜色の封筒を、ギュッと胸に押しつけた。

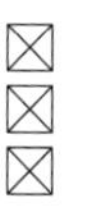

あっくんへ

一か月以上返事がないから、心配で手紙を書きました。

旅行で家を空けているとか？　病気でそれどころじゃなかったとか？　それとも、私との手紙はもう飽きちゃった？

心配で手紙を書いたって言ったけど、嘘です。本当は、私が寂しいだけ。

文通は強制するものじゃないし、どこかのタイミングでやめたくなっても仕方ないと思う。でも、我儘を言わせて貰うと、私はまだあっくんと文通を続けたいです。

週に一回のやり取りが煩わしくなったなら、月に一回でもいい。三か月でもいいし、半年だっていい。私は、あっくんとの繋がりを絶ちたくない。

学校に戻れたのも、明るくなれたのも、全部あっくんのおかげなの。相談してばかりでうっとうしく思っていたなら、ごめんなさい。でも私は、あっくんに凄く感謝してる。

顔も声も名前も知らないけれど、私はあっくんのことが好き。

無愛想だけど温かくて、堅苦しいけど優しくて。そんなあっくんのことが、大好きです。

だからどうか、文通を続けてください。無言のままお別れなんて、寂しいです。

お返事、待ってます。

チカより

《引用文献》

作中にて『山月記』『文字禍』（共に中島敦・著）の一部を取り上げさせていただきました。

中島敦『中島敦全集1』（ちくま文庫）より『山月記』p.27、『文字禍』p.39

《参考文献》

・角川新字源　改訂新版（ＫＡＤＯＫＡＷＡ）
・漢字源　改訂第六版（学研プラス）
・全訳漢辞海　第四版（三省堂）
・三省堂　常用漢字辞典（三省堂）
・新漢語林（大修館書店）

本書は書き下ろしです。

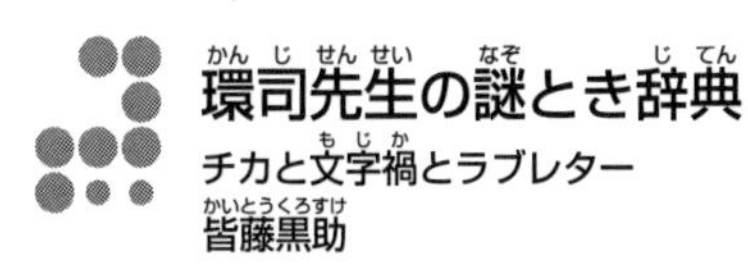

環司先生の謎とき辞典
チカと文字禍とラブレター
皆藤黒助

2023年5月5日初版発行

発行者……………千葉 均
発行所……………株式会社ポプラ社
〒102-8519 東京都千代田区麹町4-2-6
フォーマットデザイン 荻窪裕司(design clopper)
組版・校閲 株式会社鷗来堂
印刷・製本 中央精版印刷株式会社

落丁・乱丁本はお取り替えいたします。

電話(0120-666-553)または、ホームページ(www.poplar.co.jp)のお問い合わせ一覧よりご連絡ください。
※電話の受付時間は、月～金曜日、10時～17時です(祝日・休日は除く)。

ポプラ文庫ピュアフル

ホームページ www.poplar.co.jp

N.D.C.913/284p/15cm
ISBN978-4-591-17754-9
P8111350

僕らの恋にはタイムリミットがある。
衝撃のラストに涙が止まらない!!

優衣羽
『僕と君の365日』

装画：爽々

毎日を無難に過ごしていた僕、新藤蒼也は、進学クラスから自ら希望して落ちてきた美少女・立波緋奈と隣の席になる。が、その矢先「無彩病」――色彩が失われ、やがて死に至る病になったと知り、自暴自棄になってしまう。すると緋奈は「あなたが死ぬまで彼女になってあげる」と言ってきて……。僕と君の契約のような365日間の恋が始まった。衝撃のラスト、驚きと切なさがあなたを襲う！心が震える、最高のラブストーリー!!